Illustration 宵マチ

悪役令嬢は
溺愛ルートに入りました!?
5
Presented by Touya
十夜
Illust. 宵マチ

サフィア・ダイアンサス
一見、軽薄で享楽的なルチアーナの兄。ルチアーナをかばって左腕を失った。

ルチアーナ・ダイアンサス
このゲーム世界の悪役令嬢。恋愛攻略対象者を全員回避するはずが…!?

エルネスト・リリウム・ハイランダー
ハイランダー魔術王国の王太子。記憶を取り戻す前のルチアーナが熱を上げていた相手。

ラカーシュ・フリティラリア
筆頭公爵家の嫡子。その美貌から「歩く彫像」と呼ばれている。はじめはルチアーナを蔑視していたが、今では夢中♡

ジョシュア・ウィステリア
ウィステリア公爵家の嫡子にして、王国陸上魔術師団長。サフィアとは旧知の仲。

セリア・フリティラリア
ラカーシュの妹。命を救われて以来ルチアーナが大好きに。兄とルチアーナの仲を取り持つため頑張る一面も。

STORY&CHARACTERS

乙女ゲームの悪役令嬢に転生したルチアーナは、左腕を失った兄・サフィアのため、エルネスト王太子の守護聖獣の力を借りようと奮起する。

しかし、筆頭公爵家のラカーシュからは
「私は完璧でなく、君の好みになりたいのだ」

と告白され、魔術師団長ジョシュアからも
「私は間違いなくあなたに魅かれている」

と想いを告げられ大混乱！

そんな中、学園の一大イベント収穫祭がスタート！

生徒会主催の『甘い言葉収集ゲーム』では、ポイントの高いラカーシュ、エルネスト、ルイス、サフィア、そしてシークレットゲストのジョシュアから告げられるドキドキの甘いセリフを集めることができ、優勝を期待していたルチアーナだったが——

ハイランダー魔術王国
周辺地図

HIGHLANDER

［王都拡大地図］

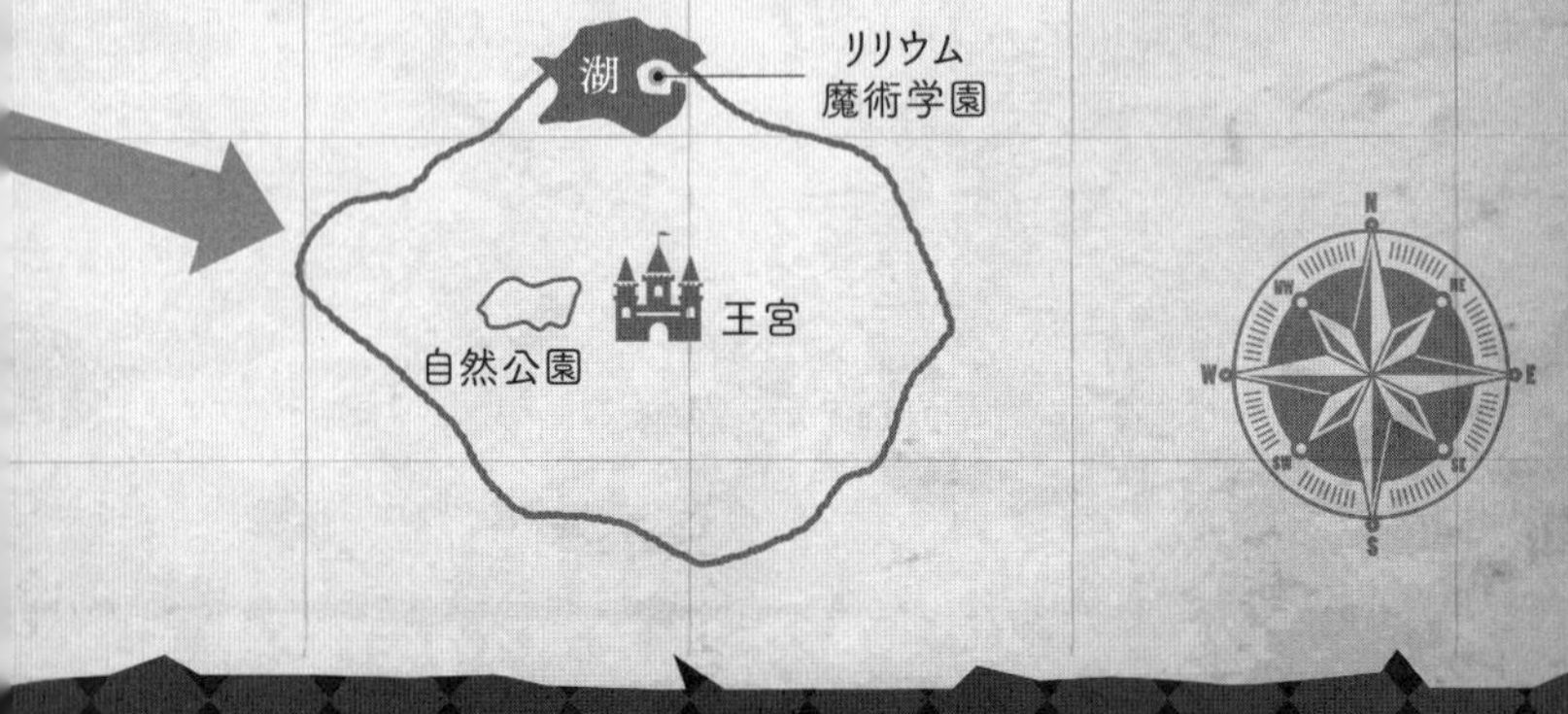

ハルディ王国
最果ての
森
ビオラ辺境
伯領
ドガの町
フリティラリア
公爵領
ハイランダー
魔術王国
王都
聖山
ウィステリア
公爵領
リリウム
侯爵領
ルナル村

CONTENTS

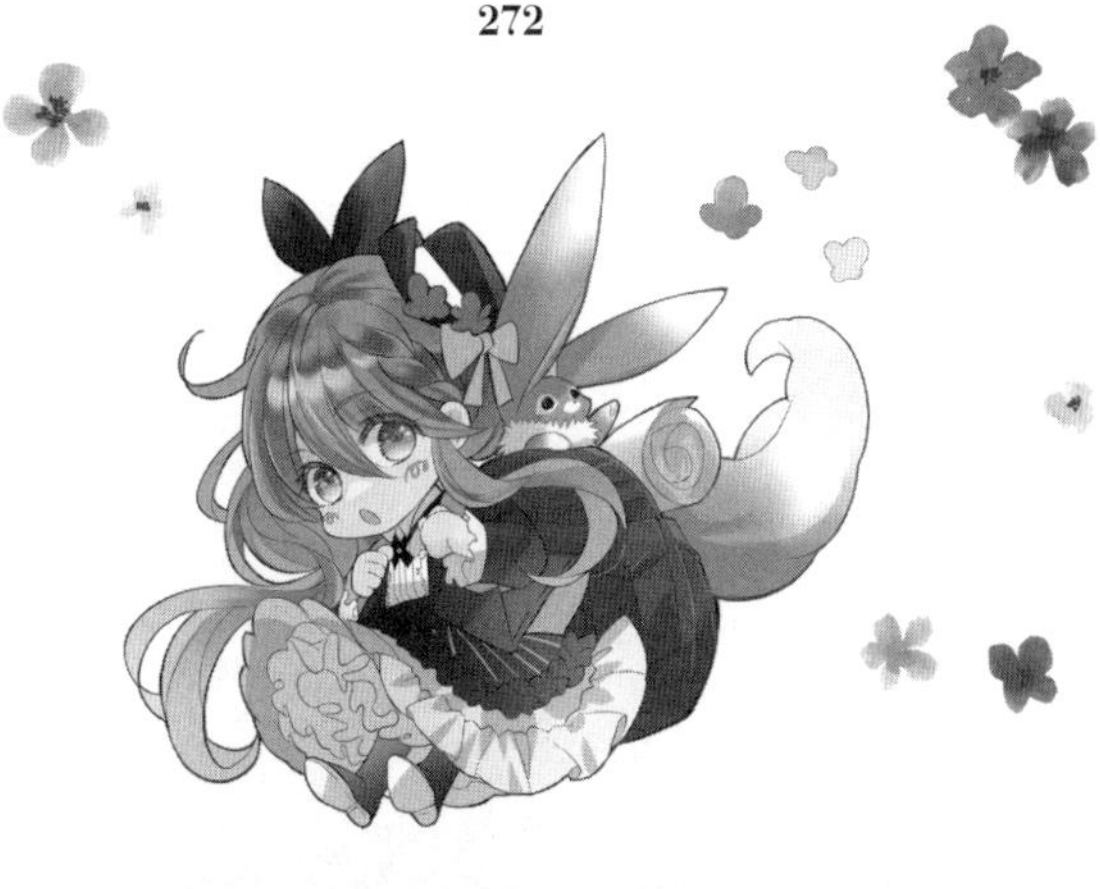

26 「甘い言葉収集ゲーム」結果発表

収穫祭の翌日、私は大勢の女子生徒でごった返す掲示板の前に立ち、胸を高鳴らせていた。

なぜなら『収穫祭♥甘い言葉収集ゲーム』の結果が発表されたからだ。

高ポイントの言葉をたくさん集めることができたため、もしかして、もしかしたら優勝できるかもしれない……と期待する気持ちがむくむくと膨れ上がる。

「どうか、よろしくお願いします!!」

私は手を合わせて掲示板に祈った後、顔を上げて見つめ……。

「あー」

落胆の声を上げた。

なぜなら優勝者の中に、私の名前はなかったからだ。

燦然《さんぜん》と輝く優勝者は28点もの高得点を獲得しており、同率1位の生徒が3名いた。

私が集めた全ての「甘い言葉」が当たっていれば、28点も夢ではなかったけれど、名前が載っていないところを見ると、細かい部分を間違えたのだろう。

「セリフが長いものも多かったから、仕方ないわよね。私みたいに間違えた女子生徒はたくさんいるだろうし、だからこそ差が付いたのだろうしね」

がっかりしながらもそう自分を慰め、自分の名前を探していく。

けれど、しばらくすると、私は訝し気な声を上げた。

「あれ？」

なぜなら掲示板には1位から高得点順に名前が張り出してあったのだけれど、真ん中まで確認しても、まだ私の名前が出てこなかったからだ。

「……うん？　15点のところにもまだ出てこないわよ。私ったら、そんなに減点されたのかしら。

……えっ、10点でもまだ出ないの？」

10点以下の生徒なんてほとんどいない。

びっくりしながら視線を下げると――――私の名前があった。

「ええええっ⁇」

――――どういうわけか、1番下の欄に。たった1人の「0点」の得点者として。

「はいいいい？？？」

さすがに全てを間違えることはないだろう。

それなのに、0点とはどういうことかしら⁉

頭の中にはたくさんの？マークが飛び交っており、さっぱり意味が分からない。

私は目をぱちぱちと瞬かせながら、隣のボードに視線を移した。

そこには、高ポイントの男子生徒の『定型文』が、回答として記載されていた。

けれど……。

「えええ!?」

記載してあった『定型文』が、実際に私がイベントで聞いたセリフと全く異なっていたため、大きな声を出す。

どういうことなのか全く理解できないまま、もう1度、目を皿のようにして掲示板を見つめたけれど、示してある『定型文』は変わらなかった。

そのため、私は情けない表情を浮かべて、手元の用紙に視線を落とす。

というのも、「甘い言葉収集ゲーム」の回答票は、複写用紙となっていたからだ。

そして、イベントに参加する際、2枚組の1枚目だけを回答箱に入れたので、同じ回答が複写されている2枚目の用紙が今、私の手元にあるのだ。

その用紙には、私の記憶通りのセリフが書かれていた。

やっぱりそうよね、と呟きながら、再び顔を上げて掲示板と比べる。

けれど、そこには先ほどと変わらない『定型文』が記載されており、手元の回答用紙の内容とは全く異なっていたため、私はいよいよ大きく首を傾げた。

Lilium School of Witchcraft

「甘い言葉収集ゲーム」高得点者『定型文』

【1年】
◉ルイス・ウィステリア　「藤の花以上に美しいと思うものが、この世にあるのだね」
◉×××・×××××　「…………」

【2年】
◉エルネスト・リリウム・ハイランダー　「白百合も君の前では形無しだ」
◉ラカーシュ・フリティラリア　「君は私に黒百合を連想させる」
◉カール・ニンファー　「ニンファー…………」
◉×××・×××××　「…………」

【3年】
◉サフィア・ダイアンサス　「撫でたいくらい可愛らしい子だね」
◉×××・×××××　「…………」

【シークレットゲスト】
◉ジョシュア・ウィステリア　「私があなたに魅了されそうだ」

さっぱり意味が分からない。

掲示板を見ると、誰もが家紋の花にちなんだセリフを言ったことになっているけれど、私が対応した相手の中に、そんなセリフを口にした人は1人もいなかった。

それに、王太子とラカーシュの2人はこんな短い言葉でなく、ものすごく長いセリフを言っていたのだ。

あれ、もしかしたら掲示板に掲載された回答が間違っているのかしら?

そう思った私は、間違いをお知らせすべく生徒会室に向かった。


けれど。

『扉をくぐると、そこは別世界でした』――――と、思わず言いたくなるほど、生徒会室の中は雰囲気が悪く、どんよりしていた。

扉の中と外では、湿度から異なるようだ。

こんなことは初めてだったので、何事かしらと部屋の入口からこっそり中を覗き込む。

すると、生徒会メンバーの5人全員が、無言で椅子に座っていた。

エルネスト王太子は難しい表情を浮かべており、ラカーシュは後悔したような表情を浮かべている。

セリアとジャンナは困惑している様子で、カレルはお腹が痛いような表情をしていた。

まあ、何か大事件が起こったようね、これは日を改めた方がいいわと考え、開けた時と同じように静かに扉を閉めようとしたけれど、セリアとばっちり目が合ってしまう。

すると、彼女は驚いた様子で、座っていた椅子から立ち上がった。

「お、お姉様！」

セリアの声に反応して、残りの4人が一斉に私を見る。

大事件が起こっているところにお邪魔してしまったわと思った私は、申し訳ない気持ちで後ずさった。

「す、すみません、お邪魔するつもりはなかったんです。その、収穫祭のゲームの回答が間違って掲示されていたのでお知らせに来たのですが、急ぐ話ではないので日を改めます」

私の言葉を聞いた5人は、なぜだか一気に陰鬱な表情になった。

……えっ、な、何か気に障ることを言ったかしら？

重苦しい雰囲気に耐えられず、逃げ出すために扉を閉めようとしたところ、素早く立ち上がったラカーシュに止められる。

「待ってくれ、ルチアーナ嬢！」

「えっ、あの……」

ラカーシュの行動の意味を理解できず、目を白黒させていると、彼は思ってもみないことを言い出した。

「ルチアーナ嬢、よければ君の時間を少しもらえないか。君に謝罪すべきことがある」

「謝罪？」

聞き間違えたのかしら、と思って問い返したけれど、重々しい表情で頷かれる。

部屋の中では、やはり椅子から立ち上がっていたエルネスト王太子が、沈痛な表情でこちらを見ていた。

◇　◇　◇

私は勧められるままソファに座ると、難しい顔をして目の前に座るエルネスト王太子とラカーシュを交互に見つめた。

少し離れた席では、セリアとジャンナ、カレルが心配そうにこちらを見つめている。

私に謝罪って一体何かしらと考えてみたけれど、これほど難しい顔をされる事柄が思いつかない。

これはよっぽどのことだわ、と思った私は恐る恐る口を開いた。

「あの、謝罪と言われましたけれど……」

私が話し始めると同時に、王太子とラカーシュがぎゅっと顔を歪めたので、まあ、これは相当悪いことをされたのねと身構える。

そして、次の瞬間ぴんときた。

ああ、なるほど！　私は悪役令嬢だからね。

恐らくこの2人は、面白おかしく私の悪口を言いふらしたに違いない。

私のこれまで経験からいくと、こういう場合は、思いつく限りの事柄の中で最悪のことを口にすると、だいたい当たっているのだ。

そう考え、私は2人の気持ちになって口を開いた。

「ああ、何となく分かりましたよ！　エルネスト王太子殿下、あなたは私のことを『傲慢で怠け者、唯一のとりえの火魔術ですら中の下なのに、実家の権力を笠に着て威張り倒している』と言いふらしましたね！」

全てお見通しですからね、とばかりに自信満々な態度で口にすると、王太子は目に見えて狼狽《うろた》えた。

「えっ！　い、いや、さすがにそのような酷いことは、思ったとしても口にはしない！」

「まあ、やっぱり心の中で思ったんですね！」

「うっ、い、いや……」

片手で口元を押さえながら俯いた王太子をじろりと睨み付けた後、今度はラカーシュに顔を向ける。

「それから、ラカーシュ様、あなたは私が昨日、ちゃらちゃらと着飾っていた姿を見て、『彼女のようなタイプは、学園に婚姻相手を探しに来ているのだろうが、この学び舎はそのような目的のためにあるのではない。疾《と》く去るべきだ』と言いふらしましたね!!」

「まさかそんな！　君が着飾った姿に見惚れていたことは確かだが、だからといって、君の占有権を主張するはずがない。私に君を独占できる権利がないことは、きちんと理解している」

慌てて言い返してきたラカーシュだったけれど、なぜか話がズレている。

「ええと、話が少しズレていませんか？」

「あっ、ああ。失礼、願望が口から出ていたようだ……」

こちらも片手で口元を押さえると、うつむいて言葉を途切れさせた。

色々と言葉が足りてないところはあるけれど、沈痛な2人の表情から十分反省していると判断した私は、ここで許すことにする。

「分かりました、もういいです。これまでの私の行いは散々でしたし、現在進行形でも色々と劣っていることは確かなので、少しくらい陰口を叩かれても仕方がありません」

私の言葉を聞いたカレルは、両手でお腹を押さえた。

「ああ、どうしてこう誤解に誤解が重なって、状況が悪くなるんだ！　事実を恥じて口が重くなっている会長、副会長に対して、ルチアーナ嬢が妄想を加えてくるから、完全なるカオスじゃないか！　やっぱりオレは、安易な気持ちでルチアーナ嬢をこの部屋に迎え入れるべきではなかったんだ。あああ、お腹が痛くなってきた……」

ぶつぶつと独り言を言うカレルの顔色は悪く、その体調はとても悪そうに見えた。

色々と立て込んでいるうえに、体調不良のメンバーもいるようだから、私が持ってきた話は後日にした方がいいわねと考えて、ソファから立ち上がる。

「私はお暇《いとま》しますね。先ほど、ちょっと外から中を覗いてみた時、皆さんどんよりとした表情をされていたので、何か問題が起きているのでしょう？　私のことは気にせず、そちらの解決に向けて専念されてください」

すると、王太子が慌てた様子で腰を浮かせた。

「誤解だ、ルチアーナ嬢！　私もラカーシュも、君の陰口は一つも叩いていない。そうではなくて、……私たちは収穫祭のゲームについて、君に謝罪したいのだ」

「ゲーム？　十分、楽しませていただきましたよ」

私が悪役令嬢であるにもかかわらず、王太子はきちんと自分の役になり切り、私を楽しませてくれた。

むしろ私がお礼を言うべきだろう。

そう考えていると、王太子は悔やむように頭《かぶり》を振った。

「そうではない、私は……ゲームのルールを破ったのだ。君に対して、『定型文』以外の言葉を口にしたのだから」

「えっ？」

どういうこと？

私の理解力が悪いのかもしれないけれど、王太子の言っている意味が分からない。

なぜなら私が参加したのは、『定型文』を集めるゲームだったのだ。

それなのに、王太子は『定型文』以外の言葉を口にしたのだろうか。

そして、他の女子生徒が一切騒ぎ立てていない状況から判断すると、私にだけ『定型文』以外の言葉を口にしたのだろうか。

ということは、つまり……。

「い、嫌がらせ!! これこそが、本物の嫌がらせなのかしら!? ええええええ！ だとしたら、あれらのセリフが全部、私だけに対する演技なの？ そうよね、言われてみれば、『定型文』をあれほどサービス過多なセリフにする必要はないわよね!?」

私だって、自分がどうやってあの場面を生き延びることができたのか分からないのだ。

あのセリフが『定型文』で、王太子が皆に同じセリフを囁いたとしたら、倒れ込む女子生徒が続出するに決まっている。

でも……。

「だとしたら、どうして私にだけあれほど色めいて、勘違いさせるようなセリフを言ったのかしら？」

首を傾げて考えていると、王太子がどぎまぎした様子で口を開いた。

「ルチアーナ嬢、それはわざとではなく、その、君があまりに……」

王太子が頬を赤らめながら、私に対して何事かを説明してくる。

まあ、これは間違いなく酷いことをし過ぎたと、己を恥じている表情だわ。

そう確信した私は、王太子の言葉を途中で引き取った。

なぜなら王太子に最後まで説明されたら、私の負けだという気持ちになったからだ。

「説明されなくても、分かりますわ！ 私があまりに世慣れていないので、その度合いを確かめて嘲笑《あざわら》おうと、試すためのセリフを口にしたんですね！ まあ、それなのに私ときたら、まんまと翻弄されてしまったのね」

私は昨日の自分を思い返し、わなわなと震え出す。

「本気で言われたのかもしれないと、一瞬、本当に一瞬ですけど、そう勘違いしてうっとりしていた私を、経験不足だと嘲笑っていたのでしょうね！」

恥ずかしい。これは恥ずかしい。

最初は演技だと分かっていたのに、最後には演技であることを完全に忘れて、王太子に見とれていたのだから。

恥ずかしさを怒りに変えて糾弾すると、王太子は焦った様子で両手を突き出してきた。

どうやら王太子は、思っていたよりも往生際が悪いらしい。

「そのようなこと、するはずもない!!」

そう反論してきたのだから。

そのため、私はむっとして王太子を睨み付けたのだった。

◇　◇　◇

「エルネスト殿下、今さら傷付きはしませんから、はっきり言ってもらっていいんですよ！　私を馬鹿にしたかったから、私にだけ『定型文』を話さなかったって」

私は王太子に向かって、きっぱりと言い切った。

すると、王太子は両手を上げて、降伏の姿勢を示す。

「もちろん、そんなことがあるはずもない！　……ルチアーナ嬢、私の説明が悪かったことは自覚している。ただし、君が口にしているような事実は一つもないから、まずは私の話を聞いてくれないか」

よく見ると、先ほどは赤かった王太子の顔色が青ざめていた。

まあ、これほど王太子の感情を色々と揺さぶったのが私だとしたら、まるで悪女じゃないの！

そう驚いて、目を見張ったけれど、すぐに冷静になる。

……いえ、違ったわ。私は悪女でなく、悪役令嬢だったわね。

そして、私は王太子から嫌われているのだったわ。

そんな嫌いな私から文句を言われたため、青ざめるほど腹立たしかったのでしょうね。

そう考えた私は、素直にソファに座ると、王太子の話を聞こうと両手を膝の上に乗せて彼を見る。

すると、王太子もソファに座り、ポケットから取り出したハンカチーフで額を拭っていた。

よく見ると、青ざめた王太子の額に汗が浮かんでいる。

その様子を見て、まあ、カレルだけでなく、王太子も体調が悪いようだわ、と私は心配になった。

思い返してみれば、学園の重要イベントである「収穫祭」が開催されたのは昨日のことだ。

主催は生徒会だったため、会のメンバーはものすごく忙しかっただろうし、それらの努力は全て、私たち生徒を楽しませるためだったのだ。

「王太子殿下、言いすぎましたわ。私たち生徒のために、素晴らしいイベントを実施してもらったのだから、ストレス解消のために私をからかったとしても許容すべきでした」

「いや、だから……！」

「はい、黙って聞きます」

今度こそ口を噤《つぐ》むと、王太子は自分を落ち着かせるために、ふーっとため息を一つ吐いた。

それから、顔を上げて私を見つめると、意を決したように口を開く。

「ルチアーナ嬢、私は昨日のゲーム時において、『定型文』以外の言葉を君に対して口にした。しかし、それは意図的ではなく、動揺したための不可抗力だと理解してほしい」

「動揺ですか？」

一体何に動揺したのかしら、と聞き返してみたけれど、王太子には答える気がないようで、説明を続けられた。

「もちろん、君には一つの落ち度もない。ただ私が未熟だっただけだ。そのため、『定型文』以外の言葉を口にして、ゲームの得点を減点させてしまったことについては申し訳なく思う」

そこで言葉を切ると、王太子は軽く頭を下げた。

その潔い態度を見て、そうなのよね、王太子は高潔なのよねと心の中で思う。

学園内では全ての生徒が平等だと言うものの、結局のところ、エルネスト王太子は世継の君なのだ。

仮に王太子が間違いを犯したとしても、間違いを認める必要はないし、謝罪する必要もないのだ。

黙っていれば、彼に付き従っている側近が、上手にことを納めてしまうのだから。

けれど、エルネスト王太子はきちんと自分の非を認めて、謝罪をしてきた。

そういう態度は、本当に立派だと思う。

感心して見つめていると、王太子は顔を上げて、真剣な表情で私を見つめてきた。

「ルチアーナ嬢、君に対してのアンフェアな態度を反省している。だから、どうか私に埋め合わせをさせてほしい。何か望むことがあれば言ってくれ」

「え？」

いや、たかがゲームですから、そんな真剣に考えなくてもいいんですよ、と口にしようとしたところで、王太子の隣に座っていたラカーシュまでもが同じことを言い出した。

「ルチアーナ嬢、私も同様だ。私もゲーム実施中に、エルネストと同じルール違反をした。そのため、エルネスト同様の償いをしたいと思う」

いやいや、だから、たかがゲームですからね……と言いかけたその時、――生徒会室の扉が突然開かれた。

反射的に振り返ると、意外なことに、兄が扉口に立っていた。

そして、兄を見た瞬間、どういうわけか、私はトラブル発生の予感を覚えたのだった。

◇　◇　◇

「サフィアお兄様！」

驚いて声を上げると、兄は涼しい顔で返事をした。

「やあ、ルチアーナ、探したぞ。今日は『夏の庭』に撫子《なでしこ》を見に行く約束をしていただろう？」

「えっ？」

そんな約束をしていただろうか？

全く覚えがなかったけれど、一方で、兄はとてもいいところに来たわと考え、この状況を利用しようと思い付く。

つまり、兄もゲーム実施中に、「定型文」とは異なるセリフを私に発したのだから、そのことを追及することで、王太子とラカーシュに間違ったのは自分たちだけでなかったことを知ってもらい、彼らの罪悪感を軽くするのだ。

そう考えてちらりと視線をやると、2人ともに神妙な表情でこちらを見つめていた。

分かっていたことだけれど、この2人は真面目過ぎるし、高潔過ぎるのだ。

私のように善良な悪役令嬢が相手だったからよかったものの、不良な悪役令嬢が相手だったら、足元を見られていたに違いない。

私は2人に聞こえるよう、普段よりも大きな声を出した。

「お兄様、それよりも、私は収穫祭のゲームについて、一つだけ文句があります！　ゲーム内で、実際の『定型文』とは異なる言葉を、お兄様は私に使いましたよね。おかげで、お兄様の分のゲーム配点はゼロでしたわ！」

正確に言うと、全ての相手に関して、私の点数は0点だったけれど、口に出した表現でも嘘ではない。

けれど、私の糾弾の言葉を聞いた兄は、けろりとした表情で反論してきた。

「うむ、それはそうだろうな。なぜなら私は、お前とゲームをプレイした覚えはないからな」

兄の言葉を聞いた私は、ぎょっとして目を見開く。

「え、な、何を言っているんですか！　私は長い列に並んで、お兄様の前まで来たじゃないですか！　そして、お兄様が私に迫……い、いえ、私を翻弄するような言葉を次々に発するのを聞いていましたよ!!」

　当然の主張をすると、兄は悲しそうな表情を作った。

「何とまあ、ルチアーナ、お前はあれらの私のセリフを、ゲームの中の定められた言葉だと思って聞いていたのか？　私は心に浮かんだ言葉を、ただ愚直なまでに口にしていたのに、お前は『定型文』だと考えて、取り合ってもいなかったのだな。これはまた、酷い話だ」

「え？　あの、いえ、その……えっ、で、でも、そういうゲームではないですか！」

　しどろもどろになりながら、やっとの思いでそう口にすると、兄は残念なものを見る目で私を見た。

「ああ、もちろんそうだ。そのため、ゲームが始まったならば、私だとて演技をして、定められた言葉を口にしたさ。だが、お前は1度もスティックを振らなかったじゃないか」

「ああっ！」

　確かに兄の言う通りだ。

　私は兄に向かって、ゲームの開始の合図であるスティックを振っていない。

「えっ、だから、お兄様は私と『甘い言葉収集ゲーム』をしなかったということですか？」

　そんな馬鹿なと思いながら確認すると、兄は当然だと頷いた。

「その通りだ。合図もされていないのだから、始めようがないではないか」

「えええええ！！！」

私はのけ反って驚いた。

確かに、兄の言う通りだ。ということは、私が悪いのか。

どういうわけか、これまで完全に優位に立っていたはずの私の立場が、一瞬にして逆転する。

信じられない思いで目を見開いていると、兄が考えるかのように右手で顎をつまんだ。

「ただし、……もしも、お前がスティックを振った相手がいて、それでも『定型文』を話さない者がいたとしたら、問題だがな」

「あっ！」

そう言われて思い出す。

1番初めに回ったこともあって、エルネスト王太子にだけはスティックをくるりと回したことを。

そのことを思い出し、目と口を見開いたまま王太子を見つめると、顔色悪く見返された。

彼の表情を見るに、どうやら王太子も私が彼に向けてスティックを回したことを覚えているようだ。

「ルチアーナ、どうしたのだ？　私が話をしている最中だというのに、殿下と見つめ合ったりして。まさか突然、運命の恋に落ちたなどと言い出すわけではあるまいな」

兄からとんでもない質問をされたため、慌てて否定する。

「えっ、も、もちろん違いますよ！」

「だとしたら、話の流れから推測するに、イベントの中で殿下相手にスティックを回したということか？」

ええ、その通りですよ。

そして、そのことは最初から分かっていましたよね。

それなのに、どうしてお兄様は何事も1回は茶化さないと気が済まないのかしら、と呆れながら頷く。

すると、兄は生真面目な表情で目を細めた。

「なるほど、国民の手本となるべき次期国王であり、生徒の手本となるべき生徒会長が、ゲームのルールを破られたのですか。これは由々しき事態ですね」

兄は重々しく告げたけれど、そんなわけはない。

たかだか学園祭のゲームに過ぎないのだから。

「お兄様、ただのゲームですよ！」

言いかけた私の言葉は、王太子の言葉に遮られる。

「いや、サフィア殿の言う通りだ。人の上に立つ者として、いかなる理由があろうともルールを曲げるべきではない。しかも、今回は何の理由もなく、ただ私が……動揺しただけなのだから」

「まあ」

明らかに兄から詰め寄られている場面であるにもかかわらず、自分の不利になることを素直に告白する王太子の素直さに驚く。

けれど、兄は一切驚いた様子もなく、無邪気な表情で私を見ながら片方の目を瞑った。

「そう言えば、ルチアーナ、私がこの部屋に入室してきた時、ちょうどお前は殿下から望みを尋ねられていたところだったな。……お前は王家の守護聖獣について、何か希望があるのではなかったか？」

「えっ⁉」

その言葉を聞いて初めて、兄のたくらみを理解する。

どうやら兄は、私が無茶をしないように、自ら問題を解決しに来たらしい。

恐らく兄は、虹樹海における私の態度を見て、兄の腕を取り戻すために、私が王太子に働きかけることを予想していたのだろう。

――一般論として、それが何事であれ、相手が罪悪感を抱いている時にお願い事をすると、望みが叶えられる可能性は高くなる。

そのため、兄はここぞというタイミングを見計らって、王太子に頼み込む機会を作ったのだ――私のために。

もしも王太子が頷けば、私の望みは叶うことになるし、王太子が頷かなくても、これほどの場面でも王太子が受け入れないのならば、他にしようがないと私が諦めるだろうから。

つまり、兄はこれ以上私が兄のために王太子に付きまとうことがないよう、完全なる策略を張り巡らせたのだ。

そして――兄の緊張も期待もしていない様子から推測するに――兄は王太子から断られようが、断られまいが、どちらでもいいのだ！

「……か、過保護だわ！　歩き始めの雛鳥を見守る親鳥と同じくらい過保護だわ!!」

兄の行動の理由を理解した私は、信じられないと声を上げる。

元々、私のせいで兄は腕を失ったのだから、あくまで私が何とかしなければいけない事柄なのに、兄は限界ぎりぎりまで私を手伝うつもりなのだ。

そう、兄がやろうとしているのは、あくまで『手伝う』ことで、『私が兄のために尽力した』という形を作らせようとしている。

だからこそ、兄は私の口から王太子に要望を出させようとしているのだ。

……やりすぎだ。兄はどう見ても、過保護過ぎる。

そう考えて、私はあんぐりと口を開けた。

やっと今、理解した。

悪役令嬢と過保護な兄は、組み合わせが悪過ぎるのだ。

私がどんなに悪いことをしても、サフィアお兄様が私を激しく叱るイメージが全く湧いてこないのだから。

もちろん私が悪役令嬢道を進むとしたら、私が悪いのだけれど、全く私を叱らないことで増長させている兄も、その一端を担っている気がする。

「お、お兄様……」

そして、私は元喪女で、対男性スキルがものすごく低いために、お相手が定まらないのは事実だけれど、兄のこの甘やかしぶりも、将来の私がお一人様人生を突き進むかもしれない理由の一つになっていると思われる。

兄の行動は私を助けているようで、長期的にはダメにしているのだ！

「お、お兄様、あまり甘やかさないでください！　このままでは、私はダメな人間になってしまい、行き遅れて、お一人様人生を送るしかなくなりますわ」

至極まっとうな要望を口にすると、兄は理解したという様子で頷いた。

「ふむ、その場合はきっと私もお一人様だから、合わせれば2人になるさ。さて、ルチアーナ、もういいだろう。……お前の望みを殿下に申し上げなさい」

けれど、兄が発した言葉を聞く限り、私の要望を全く理解していない様子だった。

これは簡単にいかないわね、と即時解決を諦めた私は、とりあえず兄の指示に従うことにする。

つまり、王太子に要望を伝えるために口を開く。

「そうですね、では……」

ちらりと見ると、王太子は顔色を変えて俯いていた。

話の流れから、私が守護聖獣の力を兄に行使するよう依頼すると思っているのだろう。

そして、頼まれたとしても、今の聖獣は王太子の言うことを全く聞かないため、望みを叶えることができないと考えて、顔色を失っているのだろう。

でも、私は既に王太子が守護聖獣の力を借りられないことを知っているのだから、そのうえで、できないことを頼むはずもない。そんなことするとしたら、ただの意地悪だ。

「では、私を……白百合領に招待してください！」

「は？」

まさかそのような願いが来るとは思っていなかったようで、王太子は心底驚いた様子で、目を見張った。

「何だと？」

同様に、兄にとっても予想外の答えだったようで、正気を疑う表情で私を見つめてきた。

「…………」

一方、ラカーシュは無言のまま、突然何を言い出したのだろう、と訝しむ表情を浮かべる。

三者三様の対応を目にし、そのどれもが彼ららしいわねと思いながら、私は目をそらさずに王太子を見つめ続けたのだった。

◇　◇　◇

家紋の花を持つ貴族家は、その領地を花の名前で呼ばれる。

フリティラリア公爵家の領地が「黒百合領」と呼ばれるように、王太子が属するリリウム家が元々治めていた領地は、「白百合領」と呼ばれているのだ。

そして、私が望んだのは、その白百合領を訪問することだった。

「ルチアーナ、お前は一体何を考えている？」

私の要望を聞いた兄は、全く理解できないといった表情で、私を見つめてきた。

それはそうだろう。

リリウム王家が聖獣を使役できないとの事実は、王家のみの秘密だから、そのことを知らない兄は、なぜ私が聖獣の使役を頼まないのかと不思議に思っているのだろう。

そして、突然、白百合領を訪問したいと言い出したことを、全く理解できないでいるのだろう。

けれど、これぱっかりは説明できない。

『この世界は私がプレイした乙女ゲームの世界が基になっているので、イケメン高位者たちの事情を知っています！　その情報によると、王太子は聖獣を使役できていなくて……』

と口にしたら、正気を疑われるだろうから。

そして、もっと正直に、『実は、聖獣の手懐け方がさっぱり分からないので、何かヒントが見つからないかと期待して、白百合領に聖獣に会いに行きます』と言ったら、もう少し計画的に行動しろと止められるだろうから。

そのため、私は誤魔化すための偽りを口にする。

「最近、私は山登りに目覚めたのです！　そのため、白百合領にある由緒正しい聖山に登ってみたくなりました!!」

両手で握りこぶしを作って力説してみたけれど、誰一人私の言葉を信じる者はいなかった。

あれ……。

突然、何を言い出したのだ、と呆れた表情を浮かべる面々を前に、こうなったら仕方がないと、もう1段妥協することにする。

「ところで、学園の授業の一環として、実習を受けることになっていたかと思うのですが、高位貴族の領地を訪問するか、王宮舞踏会に出席するかを選択できましたよね？」

貴族の社交場である舞踏会は、12月から翌年3月にかけて開催されるものだけれど、その皮切りとなるのが、12月15日に行われる王宮舞踏会だ。

そして、デビュー後のご令嬢であれば、学園の実習という名の下に、このスーパープレミアムな舞踏会に参加できるのだ。

ただし、舞踏会には人数制限があるので、学園の生徒は「高位貴族の領地訪問」か「王宮舞踏会への出席」かの、いずれかを選択する形になっている。

そして、実質的には「王宮舞踏会への参加」はわずか10名の狭き門なので、権力だとか、実家のコネだとかを利用して、高位貴族のご令嬢が埋めていくのだ。

もちろんルチアーナもその両方を利用して、早々に王宮舞踏会への参加権をもぎ取っていた。

けれど……今となっては、別に参加したくもない夜会なのだ。

「そして、そろそろ実習の時期ですよね。私は『王宮舞踏会への参加』権を獲得していましたが、その権利を放棄しますわ。代わりに、実習として白百合領への訪問を希望します」

「は？」

兄は信じられないとばかりに、目を見張った。

「ルチアーナ、お前は正気か？ 学園からの参加であれば、舞踏会の夜に王宮へ宿泊でき、翌日、王太子殿下出席の茶会に参加できるのだぞ!?」

もちろん、ダイアンサス侯爵家は高位貴族なので、王宮舞踏会の招待状は黙っていても送ってもらえる。

ただしその場合、兄が言ったような学園特典は付いてこないのだ。

前世の記憶が蘇る前の私ならば、憧れの王太子と同じ屋根の下に泊まれて（注：この場合の屋根はものすごく広く、客用寝室と王太子の寝室はフロアから異なります）、お茶会でご一緒できるなんて、夢のようだと考えただろう。

けれど、今の私はそんな特典に全く魅力を感じないのだ。

とは言うものの、そんな気持ちを前面に出し過ぎると王太子に失礼だし、これまで王太子を追いかけ回していた私の態度と違い過ぎて、周りの者たちに違和感を抱かせるかもしれない。

そのため、私は両手を組み合わせると、夢見るような表情を浮かべた。

「もちろん、王太子殿下とご一緒できると考えるだけで、すごく胸がときめきますわ。だから、とってもとっても王宮舞踏会に行きたいけれど！　……うーん、青い空と高い山が私を呼んでいるのよね!!」

「…………」

「…………」

「…………」

瞳を輝かせて山への憧憬を語ってみたけれど、どういうわけか兄と王太子とラカーシュから、疑いの目で見つめられた。

そして、3人の態度から判断するに、私の言葉をこれっぽっちも信じていないことは明白だった。

……まあ、疑り深い人たちだこと！

3人の人間性をそう嘆いていると、兄が呆れた様子で頭を振った。

それから、兄は確認するかのように私の顔を見つめてくる。

「ルチアーナ、それがお前の望みなのだな？」

「はい！」

はっきりと返事をすると、兄は諦めのため息をついた。

「そうか。あらゆる望みが叶いそうな絶好のタイミングで、なぜそのような陳腐な望みを口にしたのかは分からないが、……お前の希望であれば、それでいい。だが、その希望は実習の内容を変更するだけだから、殿下に頼むまでもない話だ。教師に伝えれば、すぐに変更手続きをしてくれるだろう」

「はい、そうします」

確かに、兄の言う通りだ。

実のところ、白百合領は領地訪問の中でもダントツに人気がない場所なので、舞踏会参加から白百合領訪問に変更する手続きであれば、簡単に済むはずだ。

ちなみに、「高位貴族の領地訪問」とは、学園に在籍している高位貴族の領地を数日間訪問する実習になる。

基本的に、高位貴族の領地であれば王都に近接しているので、その領地を治める家の生徒が付いてきて、初日なりとも領地を案内するものだけれど、いかんせん王太子の領地は遠すぎた。

なぜなら、元々、リリウム家は侯爵位を賜ってはいたものの、治める領地は南部地域の山岳地帯であり、王都から離れていたからだ。

そのため、王太子は白百合領まで付いてこない。

だからこそ、自分の欲望に忠実なご令嬢たちの中に、王太子がいない田舎の山岳地帯の訪問を希望する者はほとんどいないのだ。

「お兄様、『夏の庭』を見に行くお約束でしたよね。そろそろ参りましょうか？」

もうこの場に用はないと思った私は、兄を理由に生徒会室を退出しようとする。

すると、兄は苦笑しながら、私の頭に片手を乗せた。

「ルチアーナ、私は未だにお前を理解できないようだ。だから、なぜお前がそれほど満足気な表情をしているのか分からないが、……お前がいいのであれば、それでいい」

それから、兄は王太子とラカーシュに顔を向ける。

「殿下、妹は私が考えるよりも無欲だったようです。妹の言葉通り、今回の件は『たかがゲーム上の行き違い』ですから、これ以上お気にされませんように。ラカーシュ殿、君についてはルールを違《たが》えてもいないのだから、もちろん気にする必要はないからな。それでは、失礼します」

私も慌てて、兄に続いて挨拶をした。

「ええと、収穫祭のゲームはすごく楽しかったです！　むしろ、特別な対応をありがとうございました。では、これで失礼しますね」

それから、想定外の展開に驚いている王太子とラカーシュ、その他生徒会のメンバーを残して、兄と2人で生徒会室を後にしたのだった。

27 白百合領訪問

「お兄様、収穫祭の『甘い言葉収集ゲーム』は、思ったよりも厳格だったんですね！」

思い通りにことが進んだ嬉しさも手伝い、私は上機嫌で、一緒に廊下を歩いている兄に話しかけた。

「まさか皆様から、スティックを向けるか向けないかを、それほど厳格にチェックされているとは思いもしませんでしたわ」

純粋な驚きでそう言うと、兄はおかしそうに微笑んだ。

「やあ、お前は何とも可愛らしいな」

「えっ？」

私が可愛らしい？

そんな話は一切していないのに、一体どういうことかしら？　と首を傾げていると、兄が丁寧に説明してくれた。

兄の話によると、昨日のイベントにおいて、対象者の前でスティックを振り忘れた女子生徒は私だけではなかったらしい。

むしろ、目の前のイケメンにぽーっとして、スティックを振り忘れた女子生徒は大勢いたらしい。けれど、そこは世慣れたイケメンたちなので、誰もが定められた『定型文』を口にして、スムーズにイベントを進行させたということだ。

その中の唯一の例外が、私だったらしい。

どういうわけか、男性陣の全員が全員とも、定められた言葉と異なるものを口にしたのだから。

そのことを兄から説明された私は、一体何の嫌がらせかしらとむっとする。

もしかしたら兄だけは、作為的に悪戯をしたのかもしれないと思っていたけれど、そうではなくて、全員だったとは!!

嫌な予想だけれど、全員が全員とも、私はからかいがいがあると思って、悪戯を仕掛けてきたのだろうか。

私の予想は当たっていそうに思われて、ぷりぷりしながら歩いていると、兄がよしよしと頭を撫でてきた。

「……何ですか?」

じろりと睨み付けると、兄が笑みを零す。

「お前は可愛らしいと思ってな。恐らく、他の者もお前の素直な反応が見たくて、つるりと言葉が滑ったのだろう。お前が回ったのは高得点者ばかりだろう? だとしたら、彼らは100名以上の女子生徒に対して、『定型文』を口にしなければならなかったのだ。それほど繰り返したのであれば、同じセリフを口にすることに飽いていたのだろうな」

「なるほど、それもそうですね」

確かに、彼らレベルのイケメンになると、全ての女子生徒が列を作って並びそうだ。

そして、実際に、彼らの前には大勢の女子生徒が並んでいた。

そんな女子生徒に対して、同じ雰囲気を作り、同じセリフを１００回も繰り返したら、さすがに飽きるわよねー、と納得していると、兄がおかしそうに口の端を上げた。

「やあ、たったこれだけで納得するのか。単純すぎて心配になるな」

「えっ、何ですって？」

「いや、お前はまだしばらく、私の庇護下にいるべきということだ」

上機嫌でそう答える兄を、私はじろりと睨み付ける。

「まあ、子ども扱いして！」

「うむ、実際、驚くほどの子どもだからな」

兄はそう答えた後、声を出してひとしきり笑っていた。

それから、優し気な表情で私を見つめてくる。

「お前が何を考えて白百合領に行きたいと申し出たのかは不明だが、あの場所は王都から離れているし、空気が澄んでいる。聖獣が棲まわれている聖山もあるから、気分転換にはもってこいの場所だ。ルチアーナ、ゆっくりしておいで」

「はい、お兄様、ありがとうございます」

私はにこりと微笑んだ。

エルネスト王太子が聖獣を従えさせられないことを、兄は知らない。

そのため、先ほどの絶好の場面で、王太子に聖獣の力を貸すよう申し出なかった私を見て、聖獣のことを完全に諦めたと兄は考えたのだろう。

おかげで、聖獣が棲まう白百合領に行くと言い出しても、私が聖獣に興味があるとは全く考えもしないようだ。

……ほほほ、ですがお兄様、私はこれっぽっちも諦めていないんですよね！

私は心の中でそう高笑いをしたけれど、表面では穏やかな笑みを浮かべると、辿り着いた『夏の庭』で花を眺めた。

それから、兄とともにゆったりと庭園を回ると、撫子の花を楽しんだのだった。


――その後の数日間、私はとてもおとなしくしていた。

そして、その翌週に、エルネスト王太子の一族が所有する白百合領に、他の生徒たちとともに出発したのだった――なぜかラカーシュ付きで。

◇　◇　◇

白百合領に向けて出発する際、王太子とラカーシュが見送りにきてくれた。

自領に付いていかない王太子が、労《ねぎら》いの言葉とともに実習生を見送ることは理解できたけれど、ラカーシュまで付いてきた姿を見て、まあ、この2人は本当に仲がいいのねと微笑ましく思う。

仲が良いのはいいことだわ、と考えていると、王太子の発言終了後、ラカーシュが白百合領まで同行すると宣言して、馬車に乗り込んできた。

「へ？」

なぜラカーシュが？　と驚いている間に、彼は私の向かい合わせの席に座り込む。

ラカーシュの隣は男子生徒が座っていたけれど、私の隣に座っていたのは女子生徒だったため、彼女は「ひゃあああああ！」と限界まで息を吐き出していた。

見事な肺活量だわと感心したけれど、それどころではないとラカーシュに視線をやる。

すると、彼は穏やかな調子で口を開いた。

「君の実習が正式に白百合領への訪問に切り替えられた際、サフィア殿が生徒会室を訪ねてきてね。そして、白百合領を訪問する間は、君の安全を完璧に確保するようにとエルネストに要求したのだ。当然の主張ではあるものの、エルネストは忙しくて、とても同行できそうになかったため、代わりに私が行くことにしたわけだ」

「えっ？」

お兄様ったらいつの間にそんなことをしていたの、とその過保護っぷりに驚いて目を見張る。

そして、ラカーシュの結論もおかしいわよね、とやはり驚いて彼を見つめた。

なぜなら白百合領は王太子の領地であって、ラカーシュの領地ではないのだから。

それに、ラカーシュも王太子に負けず劣らず忙しいのだから、とても代理を務める余裕なんてないはずだわ、と思ってじとりと見つめると、彼はその高貴な身分に似つかわしい、完璧なる紳士の微笑を浮かべた。

「だから、ルチアーナ嬢、白百合領における君の安全は、私が完璧に約束しよう」

きらきらと後光が差すような微笑とともに差し出された、ラカーシュの善意の申し出を前に、私は引きつった笑みを浮かべる。

……ううう、この曇りない笑顔を見るに、どうやらラカーシュは純粋な親切心から申し出てくれたようだわ。

もちろん、彼が親切なのは分かっているし、とてもありがたいお申し出ではあるのだけど、私は白百合領で色々と試したいことがあるので、1人にしてほしいのよね。

「ええと、ラカーシュ様がわざわざ同行する必要は……」

そのため、婉曲に断ろうとすると、ラカーシュは新たな情報を投下してきた。

「私が行かなければ、サフィア殿が自ら乗り込んできそうな勢いだったが……」

「ラカーシュ様の親切なお申し出に心から感謝しますわ！　どうぞよろしくお願いしますわね!!」

私はラカーシュの言葉をすごい勢いで遮ると、お礼を言った。

ダメだ、ダメだ！　兄が同行するのだけは絶対ダメだ！

なぜならサフィアお兄様は抜け目がなさすぎるから、私が聖獣に対して何かを試みようとしていることをすぐに見抜かれて、下手をすると、白百合領には置いておけないと連れて帰られるかもしれないからだ。

そんなお兄様に比べたら、ラカーシュが100倍いいわ！

「ラカーシュ様が来てくれて、本当に嬉しいです!!!」

心からの言葉を勢い込んで口にすると、なぜかラカーシュは頬を赤らめた。

「そ、そうか」

それだけ口にすると、ラカーシュは片手で顔の下半分を押さえ、ふいと顔をそむける。

その視線が、ちょうど窓を眺める位置にあったので、あら、ちょっと唐突な気もするけれど、外を見たい気持ちが抑えられなかったのね、とおかしく思った。

それから、ラカーシュは遠足気分なのかもしれない、と可愛らしく思って微笑んでいると、彼の隣に座っていた男子生徒が「あ、悪女……」と呟くのが聞こえた。

えっ！　と思って振り返ると、男子生徒が顔を真っ赤にして私を見ている。

その姿を見て、まあ、最近の私は控えめで、慎ましやかな言動を試みていたというのに、まだどこかに悪役令嬢らしさが残っているのかしら、とびっくりした。

そして、今後はもっと慎重に行動しなければいけないわね、と心に誓ったのだった。


――それから馬車に揺られること丸5日。

馬車の窓から外を見ることにも飽きてきた頃、やっとお目当ての白百合領に到着した。

「まあ、素敵なお城ね！」

領地内にある壮麗な白い建物を見て、私は思わず声を上げる。

なぜなら目に入ったのは、まるで1羽の白鳥のように美しく、優雅な造りをした建物だったからだ。

山岳地帯を治める辺境の地のお城だから、もっと威風堂々としているかと思ったけれど、優美な造りの建物を見て目を見張る。

今回、白百合領を訪れた生徒は、ラカーシュと私の他に、女子生徒2人と男子生徒4人がいたけれど、彼らも同意する様子で何度も頷いていた。

さて、お城に入るとすぐに、2ダースほどの使用人たちが出迎えてくれた。

さすが王家の直轄領だけあって、使用人たちも洗練されており、その一つ一つの動作が流れるように美しい。

事前に渡されたスケジュールによると、一旦ここで解散し、部屋で荷物を整理した後、応接室に集合することになっていた。

そのため、私は侍女に案内されるがまま、2階にある客用寝室に付いていく。

私が通されたのは、可愛らしい花柄の壁紙が使用された、いかにも女性向けの部屋だった。

侍女が一礼して退出すると、窓際に寄り、外に目を向ける。

すると、雲まで届くほど高い山が見えた。

王家の守護聖獣が棲む聖山だ。

その荒々しくも荘厳な佇まいに、厳粛な気分を覚える。

……ああ、このような聖なる山に棲んでいる聖獣ならば、特別な力を持っているに違いない。

通常では治せない、酷い怪我を治癒できる特別な力を。

私はぎゅっと手を握りしめると、絶対に王太子に聖獣の名前を取り戻させてみせるわ、と改めて誓ったのだった。

◇　◇　◇

「ルチアーナ嬢、どこかへ出掛けるのか？」

翌朝、玄関ホールにて、執事に外出する旨を告げていたところ、後ろから声を掛けられた。

振り返ると、ラカーシュが扉を塞ぐようにして立っていたため、ぎくりと体が強張る。

えっ、今はものすごく早い時間だから、貴族の皆さんはまだ眠っているはずなのに……と、貴族の中の貴族であるラカーシュが起きていることを不思議に思う。

というか、体を動かすのに適したかっちりした服に、頑丈そうなブーツを履いているラカーシュを見て、まるで山歩きでもできそうな格好ね……、と嫌な予感を覚えた。

「ルチアーナ嬢、昨日の晩餐時、ここでは必ずペアで行動をするように、と私は言ったはずだが」

ええ、言いましたね。もちろん聞いていましたよ。

人を従わせる雰囲気を持つラカーシュは、いつの間にか、白百合領の実習に参加した実習生を取り仕切るリーダーになっていた。

そのため、私はそのことを不思議に思ったのだ。

おかしい。今回参加する7名で事前に打ち合わせをした際、リーダーは別の者に決まっていたのに、飛び入り参加した8人目のラカーシュが、あっさりとリーダーに成り代わるなんて、そんなことがあるものかしら、と。

旅程の1日目から、誰に断るでもなく、ラカーシュは皆を取りまとめ、細かな指示を出していたのだけれど、誰一人文句を言うことなく、全員が嬉々として従っていた。

その姿を見て、ああ、生まれつきの指導者はいるのだな、と思ったのだ。

そして、そのラカーシュは昨日の晩餐の席で、今後は2人1組にて行動するようにと申し渡してきた。

ちなみに、今回の実習期間は10日間の予定となっている。

その間、この地に滞在し、色々な場所を巡って聞き取ったり調べたりしたことを、学園に戻った後に参加者全員で協力して、1本のレポートにまとめるのだ。

そのため、生徒たちは興味がある場所を自由に回れるのだけれど、安全管理の面から考えると、ラカーシュの提案通りに2人1組で行動するのが最良に思われた。

問題は、昨日のラカーシュが勝手にそのペアを決めたことで、――私の相手はラカーシュだった。

当然のことだけれど、今回の参加者の中で1番頭がよくて、優秀な生徒がラカーシュだ。

加えて、彼は私の事情に精通している。

そんなラカーシュと一緒に行動したら、私が聖獣について何らかの企みを持っていることをすぐに見抜かれてしまうだろう。

そのため、少なくとも聖山に関しては一緒に行動することを回避すべきだわ、とこっそり出掛けようとしたのだけれど……見つかってしまった。

どうしよう。何か上手い言い訳をしないといけないわ。

そう考え、頭をフル回転させたものの、ちっとも言い訳の言葉が思い付かない。

けれど、このまま黙っていても詰め寄られるだけなので、万に一つの望みをかけて誤魔化すための言葉を口にする。

「もちろん、ラカーシュ様の言葉は聞いていましたわ！　私はただ、たまたま早く目が覚めたので、城の外に美味しい空気を吸いに行こうと思っただけなんです。失礼しました、まさか朝のちょっとした散歩にも、ペア行動が適用されるとは思っていなかったので、ご心配をお掛けしてしまいましたわ」

私の言葉を聞き終わったラカーシュは、朝靄の中に佇む聖山にちらりと視線を向けた。

「君の言う外とは、はるか遠くに見える山のことか？　馬車を準備するよう申し付けていたようだから、それなりに距離がある場所に向かうのだろう……たとえば、聖山に。通常は、それを『ちょっとした散歩』とは表現しない」

ぐうっ、このラカーシュの調査能力の高さは、どうにかならないものかしら。

「それはその、せっかくですから、美味しい空気を吸うついでに、この地の景勝地である聖山を見ようと思っただけです。ええ、はい、麓の近くからちらりとでも見られれば、満足できるかと思いまして」

あくまで遠目から鑑賞するだけだと強調したけれど、ラカーシュは疑わし気に目を細めた。

「君は先日、山登りに目覚めたから、聖山に登りたいと言っていたね。君の格好は、山登りを想定したものに思えるが」

ラカーシュからじとりと視線を向けられたけれど、改めて自分の格好を見下ろすまでもなく、どのような服装をしているかはよく分かっている。

飾りが少ないドレスを着用し、長めのブーツを履いているのだ。

そして、防寒になるような上着を羽織っていて、いかにも登山に向かうような格好をしていた。

「うぐぐぐ、…………いつぞやの、私ごときのセリフを覚えていてもらうなんて、感謝感激ですわ！」

ここまで詰め寄られると、さすがに誤魔化せるとは微塵も思えなかったため、引きつった笑みを浮かべて敗北の言葉を口にする。

すると、ラカーシュは寂しそうな笑みを浮かべた。

「君の言葉だ。全て覚えているに決まっているだろう。残念ながら君の方は、『ここでは必ずペアで行動をするように』との私の言葉を簡単に忘れてしまったようで、寂しく感じているが」

「うぐ」

ラカーシュの表情から判断するに、彼は自分が発した言葉とは裏腹に、私が彼の言葉を忘れていたとは思っておらず、覚えていて従わないことに気付いているようだ。

だけど、私にしたって、大きく約束を破る気はなかったのだ。

聖山に登るにしてもほんの少しだけで、すぐに引き返そうと考えていたのだから。

なぜなら今日は、午後からラカーシュと一緒に領内の村を回る予定になっていたため、その時間までには戻ってくるつもりだったからだ。

けれど、ラカーシュからしたら、到着日の翌日だから疲れているだろうと気を遣って、午後からの実習予定を組んだのに、その隙を狙って1人で出掛けられようとしたのだ。

彼にとって私は、厚意を無にする酷い人間に見えることだろう。

というか、彼の立場に立って考えてみると、実際に酷いことをしていると思う。

ラカーシュに対して不誠実過ぎたことに気付き、申し訳ない気持ちになっていると、彼は磨き上げられたブーツをカツン、カツンと踏み鳴らしながら、私に近付いてきた。

それから、私の前で立ち止まると、生真面目な表情で質問する。

「ルチアーナ嬢、私は君にとって、未だに信用できない相手だろうか？　君に叶えたい望みがあるとして、その実現に手を貸さないような者だと、今でも思われているのか？」

人には立場があるので、ラカーシュが従弟である王太子を何よりも優先するのは当然のことだ。

そして、聖獣を使役する件について、王太子と私の希望は相反しているので、私の希望を口にしたらラカーシュを困らせるだけだ、と考えて行動したのだけど……。

その行動が、逆に彼を困らせてしまったのかもしれないと思い至り、心苦しく感じながら彼を見つめていると、ラカーシュはまっすぐ私を見てきた。

「この地では、私と君は必ず一緒に行動するようにと発言したが、それはできるだけ君を手助けしたいと思ったからだ」

そうきっぱりと言い切った姿は、どこまでも高潔なラカーシュ・フリティラリアだった。

そのため、私は心から反省する。

……そうだわ。私がやろうとしていることがバレたら、ラカーシュは私の邪魔をすると、私は一方的に思い込んでいたのだわ。

彼が善意で私に助力しようと思ってくれていたのだとしたら、私の思い込みはすごく失礼だったわよね。

そう考えてふにゃりと眉を下げると、ラカーシュは表情を軟化させた。

◇　◇　◇

ラカーシュに申し訳ないことをしてしまったわ、と思う気持ちのまま、私は素直に謝罪した。

「ラカーシュ様、言いつけを守らずにすみませんでした」

それから、丁寧に心情を説明する。

「実は私は、守護聖獣に興味を持っているのです。ですが、王太子殿下は聖獣を使役することに消極的ですので、殿下と仲がいいラカーシュ様は、きっと殿下の考えを支持するだろうと思いました。そのため、私が聖山に行きたいと言い出したら、ラカーシュ様は板挟みになって困るだろうと考えたのです」

私の言葉を聞いたラカーシュは、驚いたように目を見張った。

「君はよく人を見ているな」

「えっ？」

どういうことかしらと思って聞き返すと、彼は感心した様子で口を開いた。

「エルネストが聖獣を使役することに消極的だとよく気付いたな。恐らく、君以外は誰一人、そのことに気付いていないはずだ」

「あっ！」

そうだった、と私は自分の迂闊さに愕然とする。

王太子は聖獣を使役できないことを秘密にしているのだから、彼が聖獣を使役したがらないことについても、ラカーシュを含めた誰もが知るはずがないことだった。

そのため、私は黙っているべきだったのに、焦り過ぎて思わず口に出してしまった。

どうしよう、と両手で口を押さえたまま、無言でラカーシュを見上げる。

すると、私の表情を観察していたラカーシュは、目をそらすことなく言葉を続けた。

「ルチアーナ嬢、君はそのことに気付いていたからこそ、先日、エルネストが君に謝罪し、どんな要望でも受け入れようとしていた場面で、聖獣の使役を望まなかったのか？　彼の意に反することをさせたくなくて？」

「えっ？」

突然、過去の事象に遡って推理を始めたラカーシュを見て、私はびっくりする。

どうして既に終わってしまったことを、ラカーシュはもう1度考えようとするのかしら。

もしかしたら、先日の場面に居合わせたラカーシュは、私の態度に違和感を覚えたのかもしれないけれど、よく『王太子は聖獣を使役することに消極的だ』という情報を入手しただけで、そこまで考えを巡らせられるわねと感心する。

それから、こんなに頭の回転が早いなんて、ラカーシュは私が考えるより何倍も鋭いのかもしれない、と危機感を覚えた。

昨日は、お兄様よりラカーシュの方が100倍いいと考えたけれど、実際には兄と同じくらい、ラカーシュに用心しないといけないのかもしれない。

だとしたら、彼の質問にも慎重に答えないといけないわね、と考えていると、ラカーシュは1人で結論を出したようで、ふっと小さく微笑んだ。

「……君は優しいな」

まるで私の新たな美徳を見つけたとでもいうかのようなラカーシュの口調を聞いて、彼に誤解されたことに気付き、慌てて手を振る。

なぜなら私が聖獣の使役を望まなかったのは、王太子の望みに沿うためではなく、王太子が使役できないことを知っていたからなのだ。

つまり、できないことを望むほど意地悪ではないというだけの話で、私が優しいわけではないのだ。

「ちっ、違います！　そうではなくて……」

けれど、言いかけた言葉は途中で途切れてしまう。

なぜなら王太子が聖獣を使役できないことは、ラカーシュも知らない王家の秘密のため、口にするわけにはいかないと気付いたからだ。

『王太子が聖獣の使役を望まない』という表現であれば、ぎりぎり許されるかもしれないけれど、使役できないこと自体は秘密にしておくべきだろう。

けれど、口を噤みながらも一方では、このまま否定しないでいると、ラカーシュは私が優しいと勘違いしてしまう、と焦る気持ちが湧いてくる。

そのため、どうしようと困っていると、ラカーシュは思慮深い表情を浮かべて口を開いた。

「ルチアーナ嬢、私は以前、エルネストが外遊から戻ってきたら、必ずサフィア殿の件について、エルネストに助力を頼むと君に約束したね」

「えっ、あ、はい」

そう言われれば、確かに以前、ラカーシュは王太子に聖獣の使役を頼むと言ってくれたのだった。

『ルチアーナ嬢はサフィア殿の失った腕を気にし過ぎていて、毎日を楽しめていない。君の兄の腕については、私が必ずエルネストに頼むから、もっと毎日を楽しんでくれ』というようなことを、ラカーシュから言われたのだ。

その時のことを思い出しながら頷くと、ラカーシュは考えるかのように顎に指を添えた。

「そのため、エルネストに聖獣を使役するよう頼んだのだが、……『できない』と端的に答えられた。これはどういう意味なのか。エルネストが説明なく、私からの依頼を断ることなど、これまで1度たりともなかった。そして彼は、……『やらない』ではなく、『できない』と答えたのだ」

「…………」

ラカーシュは本当に頭がいい。

聖獣の使役の能否は、王太子にとって大事な王家の秘密だ。

そのため、最大限の注意を払って、情報が漏れないようにと努めているにもかかわらず、王太子の短い一言から、ラカーシュは正解に気付きかけているのだ。

まずいわ。この状況で、私がこれ以上のヒントを出すわけにはいかないわ、と考えてさっと目を伏せたけれど、……どういうわけか、その仕草がヒントになったようで、ラカーシュは訳知り顔で頷く。

「なるほど、ルチアーナ嬢、君は答えを知っているのだな。そして、その答えとは……『エルネストは聖獣を使役できない』？」

「はひっ！」

私は地面を見つめたまま、思わず飛び上がった。

ラカーシュは何という頭脳をしているのかしら、と驚いたからだ。

けれど、どういうわけか正解を引き当てたラカーシュの方が、感心したような声を出した。

「ルチアーナ嬢は本当に、謎に満ちているね」

「えっ？」

どういうことかしらと思ったため、顔を上げてラカーシュを見つめる。

すると、彼は唇を歪めた。

「君が言いたくなさそうだから追及はしないが、『エルネストが聖獣を使役できない』としたら、それは大変な秘密だ。それなのに、君はそのことを知っていた。それは君の魔法使いとしての力なのか、それとも、君がよくエルネストを見ているからこその、洞察力の結果なのか」

「ラ、ラカーシュ様！」

追及はしないと言いながらも、ラカーシュは私の表情を観察していて、真実を確認しようとしているわ。

ああ、頭のいい人って無意識のうちに、答えを探り出そうとする傾向があるわよね。

そう考えて、焦って名前を呼ぶと、彼は自分の行動を自覚したようで、すっと目を伏せた。

それから、ぽつりとつぶやく。

「もしも後者だとしたら、少し妬けるな」

「えっ、あっ、ええ？」

確かにルチアーナは長年、王太子のことを追いかけ回していた。

そして、ラカーシュは何度となく、その場面を目にしたはずだ。

そのため、お兄様が勘違いをしていたように、私はまだ王太子のことが好きだと、ラカーシュも考えているのだろうか。

困惑して、ちらりと見上げると、ラカーシュは自嘲するような笑みを浮かべた。

「いずれにしても、エルネストが聖獣を使役できないというのは、王家にとって致命的な話だ。もしも君がそのことを知っているとエルネストに仄めかせば、彼は君のどんな願いも叶えるだろう」

「ラカーシュ様！」

私はびっくりして彼の名前を呼んだ。

なぜなら高潔なラカーシュらしからぬセリフだと思ったからだ。

「そんなラカーシュ様らしからぬことを言い出すなんて、どうやらラカーシュ様は疲れているようですね！　あっ、いいことを思い付きましたわ！　今から私と一緒に山に登りませんか？　新鮮な空気を吸えば、きっと気分がすっきりして、普段通りの思考に戻ると思いますから」

私の言葉を聞いたラカーシュは、驚いたように目を瞬かせた。

「私は普段しないような発言をしただろうか？」

私はラカーシュに対して大きく頷くと、彼の質問に答える。

「ええ、しましたよ。もっと切羽詰まった状況になれば分かりませんけど、今くらいの状況でしたら、私は他人の弱みに付け込むことはしませんよ。そして、そのことはラカーシュ様も分かっているはずです。それなのに、殿下の弱みに付け込むようそそのかすなんて、ラカーシュ様らしからぬ発言ですわ」

けれど、ラカーシュはそうではないと首を横に振った。

「いや、私がしたのは、弱みに付け込む話ではなく駆け引きの話だ」

「もちろん、弱みに付け込む話ですよ！　王太子殿下が拒否できないと分かって行うんですから」

すると、ラカーシュは思っても見ないことを聞いたとばかりに瞬きを繰り返した。

「……君の解釈では、そうなるのだな。だとしたら、君の言う通りだ。私は君に対して、失礼な発言をした。すまない」

「はい、謝罪を受け入れます」

そう答えたけれど、私はラカーシュの言葉に驚いていた。

まあ、私も彼を勘違いしていたわ。

ラカーシュが仄めかしたのは、私が王太子の弱みに付け込むという卑怯な話だと思ったけれど、彼からしたら、価値のある秘密を知ったことで駆け引きをする話なのね。

だとしたら、ラカーシュのことだから、利益を得る代わりに、相手の秘密を守ることに協力する、と約束するのでしょうね。

彼ならば、得た利益と同等のものをお返ししそうだもの。

うーん、そうであれば、ラカーシュからしたら、私は価値のある秘密を掴んでも、それを有効活用できない間抜けに見えるのかしら？

……いや、見えるというか、実際にその通りなのかもしれないわね。

そう考えてため息をついていたところ、馬車が玄関前に付けられたと、執事が告げに来た。

それから、執事はラカーシュに「頼まれていたものです」と言いながら、小ぶりのボディバッグを手渡す。

まあ、ラカーシュったらいつの間に頼んでいたのかしら、と驚いたけれど、彼が用意周到なことはいつものことだったと納得する。

それから、聖山には少し足を踏み入れるだけなので、何も危ないことはないけれど、それでも用意周到なラカーシュと一緒に行くのが安全かもしれないわと考えた。

私はラカーシュの手を借りて馬車に乗り込むと、彼とともに聖山に向かって出発したのだった。

28 聖山 1

「はあ、はあ、はあ、さ、さすが聖山……。思っていた以上に険しいわね。こ、これは私の体力の方が先に尽きそうだわ」

私は足を止め、目の前にそびえ立つ聖山を見上げると、ぜえぜえと荒い息を吐きながら独り言《ご》ちた。

そんな私の後ろでは、ラカーシュが心配そうに私を見つめていた。

――ラカーシュとともに聖山を登ろうと決意したところまではよかったけれど、実際に登ってみると、聖山は思っていた以上に険しい山だった。

見た目よりも傾斜がきつかったので、ほんのわずかの距離を歩いただけで息が切れてしまう。

聖獣である不死鳥は山の頂上に棲んでいるので、辿り着くまで何日もかかるわ、と絶望的な気持ちになりながら、私はラカーシュを振り返る。

「ラカーシュ様、思っていた以上に険しい山道ですが、もう少しだけ登ってもいいですか？」

私が貴族令嬢であるように、ラカーシュも貴族令息であることに気を遣っての、「大丈夫ですか？」的な質問だったけれど、彼は全く平気な様子で頷いた。

「構わないが……私は十分新鮮な空気を吸い込んだから、気分はすっきりしていると言っておく」

それは、私がラカーシュをこの聖山に誘った時のセリフの引用だった。

つまり、ラカーシュは新鮮な空気を吸うという目的を果したから、すぐに下山しても問題はないと暗に言っているのだ。

あれあれ、私が彼の体調に気を遣ったつもりだったのに、逆に気を遣われてしまったわよ。

私はそれほど疲れているように見えるのかしら、と考える側から、自分のぜーぜーとした荒い呼吸が聞こえてくる。

……ええ、自分自身でも疲れて見えるわね。

そう思いながらも、悪役令嬢としてこれしきのことで弱音は吐けないわと考え、「ラカーシュ様が大丈夫のようでしたら、もう少し登りますね！」と空元気を発揮し、再び聖山を登り始める。

兄の腕を治してもらうためにわざわざ聖山まで来たのだから、少しでも聖獣に近付くヒントを探すことが私の役割だわ、と考えながら。

けれど、そんな意気込みも空しく、黙々と山を登り続けて1時間後、少し開けた場所に出たのをきっかけに、もう限界だと私は足を止めた。

突然立ち止まったのが悪かったのか、ふらりとよろけてしまったけれど、咄嗟に2本の腕が伸びてきて、しっかりと支えられる。ラカーシュだ。

全身汗びっしょりだったため、こんな体に接近されるのはいかがなものかと思ったけれど、山に登った時点で今さらよねと開き直る。

「あ、ありがとうございます」

振り返ってお礼を言ったけれど、私を支えてくれたラカーシュは、私と違って全く息が切れておらず、疲労しているようには見えなかった。

それどころか、接近されたことで、ラカーシュが身に付けている清々しいパルファンの香りが漂ってきて、こんな山の中でまで優雅でいられることを不思議に思う。

うううう、私は息も絶え絶えだと言うのに、一方のラカーシュは爽やかな状態だなんて、一体どうなっているのかしら。

「くっ、これが基礎体力の違いなのね！」

現実は残酷だわと思いながら、そう口にしたけれど、ラカーシュはそうではないと首を横に振った。

「いや、基礎体力を比較するならば、私と君との間にはもっと大きな開きがあるはずだ。君の体力で、このペースでここまで登ってきたのだから、大したものだと驚いているところだ」

「え、そ、そうですか？　ありがとうございます」

褒められているのかは不明だったけれど、はーはーと荒い呼吸の合間にお礼を言うと、ラカーシュは小さく頷いた。

それから、ボディバッグの中から布製のシートを取り出して木陰に敷くと、その上に座るよう促してくる。

さすが、ラカーシュ。素晴らしい準備のよさね。

私はもう1度お礼を言うと、よろよろとよろめきながらシートに座り込んだ。

それから、小さなハンカチーフでしたたる汗を拭っていると、ラカーシュがタオルを差し出してきた。

「ルチアーナ嬢、よかったら使ってくれ」

「あ、ありがとうございます」

ラカーシュの準備の良さに感心すると同時に、手ぶらで来た自分の準備の悪さを情けなく思う。

ちょっと試しに登ってみるつもりだったにしても、ポケットに最低限のものを詰め込んだだけで来たのは間違いだったわ。

ラカーシュが付いてきてくれて、本当に助かった。

そう考えている間に、今度は冷たい水が差し出される。

「うう……ラカーシュ様は本当に準備がいいですね。何から何までありがとうございます」

情けない思いでお礼を言うと、なぜだかラカーシュはふっと微笑んだ。

「君は侯爵令嬢だよ。世話をされて当然という顔をしておくべき立場なのに、一つ一つ丁寧にお礼を言うなんて」

「それを言うならば、ラカーシュ様こそ公爵令息ではないですか。しかも筆頭公爵家の令息なのですから、どちらかと言うと、私の方がお世話をする立場ですわ」

大真面目にそう返すと、なぜだか楽しそうに噴き出された。

「ふはっ、……と、失礼」

けれど、ラカーシュはすぐに笑いを収めると、誤魔化すように咳払いをする。

それから、楽しそうな表情のまま言葉を続けた。

「ルチアーナ嬢は本当に斬新な考え方を持っているね。侯爵令嬢が誰かの世話をしようなどと、どんな状況になったとしても、普通であれば、そんな発想は浮かびもしないよ」

確かにラカーシュの言う通りかもしれないけれど、私は前世が庶民だった侯爵令嬢だからね。

むしろお世話をされる立場の方に、未だに慣れないのよね。

「そんなものですかね。いえ、そんなことより……ラカーシュ様は声を上げて笑うんですね！　びっくりしました」

私にとっては、ラカーシュの笑い声の方が一大事だったため、そのことを話題にすると、彼自身も素直に肯定した。

「そうだな。声を上げて笑ったことに、私自身も驚いた。そして、これまでの自分を思い返してみて、笑い声すら上げない生活を送っていたことに初めて気が付いた。なるほど、私は非常に無味乾

燥な生活を送っていたのだと理解したよ」

「えっ」

そう言われてみれば、ゲームの中でも、声を上げて笑うラカーシュは見たことがなかった。

ストイックだとは思っていたけれど、人前だけではなく、プライベートな時間ですら、笑い声を上げない生活を送っているのだろうか。

そこまでとは思わなかったため、びっくりして目を丸くすると、ラカーシュは自嘲の笑みを浮かべた。

「これまでの私は、綺麗に整えられた環境の中で、問題のない生活を送ってきた。それはとても快適で効率的だが……面白くもなければ、趣もないものだ」

「そうかもしれないですね」

ラカーシュの言葉が納得できるものだったので、うんうんと頷く。

彼は筆頭公爵家の嫡子なのだ。いつだって全てのものが、彼のために最上級の状態で整えられているのだろう。

ラカーシュは唇を歪めたまま言葉を続ける。

「感情が表れない私の無表情を指して、『彫像』と呼ばれていることは知っている。だが、そもそも私の感情は動きにくいのだ。稀に動いたとしても、表情に表れることはほとんどない」

今度の言葉も納得できるものだったので、うんうんと頷く。

「それは分かる気がします。ラカーシュ様は全てが整えられた環境で生活していたうえ、能力が高くて何でもさらりとできてしまうので、感情が波打つことがあまりなかったのかもしれませんね。さらに、高位貴族として感情をそのまま表情に表さない教育を受けてきたため、その影響もあったでしょうし。でも……」

私はラカーシュを見上げると、にこりと笑いかけた。

「笑うと楽しいですよね！　それから、涙を流すとすっきりしますよ！　それに、ラカーシュ様の周りにいる人たちは、あなたがどのように感じているのかを知りたいはずなので、感情を表出されたら嬉しくなるはずです。私だって、先ほどラカーシュ様が笑われた時は、嬉しかったですから」

ラカーシュはしばらくの間、私の顔を無言で見つめた後、ぐっと拳を握りしめた。

「君は……本当に、全てが無自覚だな。いくばくかの付き合いがあるからこそ、何の底意もなく発言したことを理解できるが、そんな生活を送ってきて、よく今まで無事だったものだ」

「えっ？」

ラカーシュの言葉の意味が理解できなかったため、尋ねるように彼を見つめる。

けれど、ラカーシュはそれ以上説明してくれなかったため、自分で自分の言動を思い返してみた。

……私は今、何か危険が及ぶような行動をしたかしら？

ラカーシュと話をしていただけなので、もちろん何もしていない。

そのため、彼は何か誤解しているのかもしれないと考えていると、ラカーシュは小声でぼそりと呟いた。

「いや、無事だったかどうかは分からないな」

「はい？」

自分の考えに夢中になっていて、ラカーシュの言葉を聞き取れなかったので聞き返すと、彼は真剣な表情を浮かべていた。

「ルチアーナ嬢、私はずっと収穫祭のイベントについて、一つ尋ねたいことがあったのだ」

その表情を見た途端、『あっ、これはよくない質問だわ』と悟ったけれど、……人が滅多に足を踏み入れない山の中、ラカーシュと向かい合って座っている私に、逃げるすべがあるようには思われなかった。

29 絶対に答えてはいけないラカーシュの恋愛尋問

ラカーシュからどんな質問をされるのかしら、と身構えていたところ、どういうわけか彼は頭を下げた。

「ルチアーナ嬢、これから私がルールを破ることについて、君に謝罪をする」

さらに、高潔なラカーシュらしからぬことを言い出してきたため、私は驚いて問い返す。

「えっ、ル、ルールを破る？」

ラカーシュは真顔のまま頷いた。

「そうだ。少し前の話になるが、先日行った収穫祭のゲームの回答票を、生徒会で回収した。当然だが、その内容はゲームの順位を付けるためだけに使用されるべきものだ。そのため、完全にルール違反であることは承知しているが……」

そこで言葉を切ると、ラカーシュは何事かを考える様子で両手を組み合わせる。

「私はゲームを盛り上げるために、シークレットゲストを用意した。しかし、ゲストは人目につかない場所にいたようで、誰も彼の名前を回答票に書いてこなかった……君以外は」

「えっ！」

思ってもみないことを言われたため、私は思わず声を上げた。

――そう。どこまでも有能な生徒会副会長様であるラカーシュは、『甘い言葉収集ゲーム』のために、皆に内緒でシークレットゲストを呼んでいたのだ。

けれど、パンフレットのどこにも、ゲストの名前は記されていなかった。

パンフレットにはゲストが身に付けている装飾品が示してあるだけで、名前は伏せてあったので、実際に遭遇しない限り、ゲストが誰であるかは分からないような仕組みになっていたのだ。

私はたまたまゲストに遭遇したけれど、彼はひっそりと魔塔の最上階にいたので、普通であれば見つけるのは難しいだろうなと思っていた。

けれど、まさか、私しか彼に会わなかったとは……と驚いていると、ラカーシュが顔を上げ、苦し気な表情を浮かべた。

「ルチアーナ嬢、彼は……ジョシュア殿は、君に告白したのか？」

「へえっ!?」

突然、何の脈絡もなく、驚くべき質問をされたため、おかしな声が漏れる。

「な、な、何、何を、えっ、ラ、ラカーシュ様？」

確かにジョシュア師団長から告白されたけれど、それは他の人に話すべきでないことだ。

だから、誰にも話さずに隠し通していたというのに、なぜかぴたりと言い当てられてしまった。

どうしよう。

誰にもバレないようにと秘密にしてきたのに、一体どうやってラカーシュは探り当てたのかしら。

現状を上手く把握できず、動揺してしどろもどろになっていると、私の態度からラカーシュはいくばくかの答えを読み取ったようで、憂鬱な様子で言葉を続けた。

「……そうか。収穫祭では普段にない格好をしていたからか、誰もが開放的な気分になっていた。イベントの陽気な雰囲気も手伝って、理性で閉じ込めている言葉が溢れやすくなっていたのだろうが……いずれにしても、ジョシュア殿が君に告げたセリフは、恋心がなければ口にできないものだ」

「えええええと」

つまり、ジョシュア師団長が私にささやいた『甘い言葉』から、ラカーシュは告白の件を推測したということだろうか。

「君に対応した全ての男性同様、ジョシュア殿も事前に提出していた『定型文』とは異なるセリフを、君に対して告げていた。君の回答票からそのことが読み取れたのだが……あのような言葉を口にするとは、彼はよっぽど君にご執心と見える」

大きなため息とともにそう告げられ、私はびくりと体を跳ねさせた。

「そそそそそ…………」

そうですか。そうですよね。

私にご執心かどうかは本人しか分かりませんが、少なくともそう見えますよね。

忘れようにも忘れられない、収穫祭でジョシュア師団長から言われたセリフが頭に浮かんできたため、確かにラカーシュの言う通り、あのセリフは酷かったと同意する。

『あなたはとても美しく、私を狂わせるほどの魅力を持っているのに、瞳の奥はあどけなくて、私が手を伸ばしただけで心細そうな顔をするのだから……私を翻弄するのが上手だね。そして、私の心臓はあなたに握られているから、あなたがほんのわずかでも私を嫌がる素振りを見せたら、それだけで私の心臓は粉々に砕けてしまう。だから、私は何もできやしないね』

『だとしたら、せめて敬愛の意を表してもいいかな？　あなたへ抱く気持ちの万分の一も示せやしないが、それがあなたが私から受け取ることができる、精一杯だと言うのならば』

『お慕いしていますよ、私の美しくも残酷なあなた』

……うーん、本当に酷い。改めて思い出してみても、私の息の根を止めにきているとしか思えないもの。

そして、実際に、収穫祭でジョシュア師団長のセリフを聞いた後、衝撃を受けた私は腰が砕けたようになって、ろくに歩けもしなかったのだ。

とはいうものの、告白されたこと自体は人に言いふらすことではないことだから、ここは隠し通さなければ……と考えたところで、一つの事実を思い出す。

今でも信じられないことだけれど、私は目の前にいる完璧なるイケメン、ラカーシュからも告白されたのだ。

けれど、実際にラカーシュから告白された時――あまりにも完璧で完全なラカーシュに好意を抱かれたことが信じられず、思わず『魅了の仕業ではないのか？』とジョシュア師団長に質問してしまったのだった。

その結果、ラカーシュからの告白をジョシュア師団長にバラす形になってしまったのだ。

ううっ、ということは、こっちの告白をあっちにバラしたのだから、あっちの告白についてもラカーシュに白状することが平等なのだろうか？

でも、やっぱり私が言うべきことではない気がする。

正しい対応が分からずに、「うふふ」と愛想笑いで誤魔化そうとしたけれど、ラカーシュは言外の言葉を読み取ったようで、完全に理解した様子で顔を歪めた。

「……そうか」

そして、片手で目元を押さえたまま、長い時間沈黙していたので、心配になった私は恐る恐る声を掛ける。

「あの……、ラカーシュ様？」

すると、ラカーシュは顔から手を外したけれど、その下から現れた表情は歪んでおり、非常に苦し気だった。

「改めて、理解した。君に選んでもらうために、私は1番にならなければならないのだな。たとえ相手が年齢も経験も遥かに上回る相手だとしても。あるいは……私よりもずっと長い時間を君と過ごしている相手だとしても」

「えっ、あの」

「私は全ての相手を打ち倒して、君の1番にならなければ、君は私の手を取らない。そうだね？」

「そう……」

なのだろうか。そうかもしれない。

何をもって1番とするかは分からないけれど、確かにラカーシュの言う通り、『1番好きで、この人だけだ』と思わない限り、私は相手の手を取らない気がする。

以前、お兄様からも『人生で1度だけ恋愛をするのが似合うタイプだ』と言われたことだし。

多分、気軽に手を取ってみて、合わなかったら相手を替える、というやり方は私に合わないのだ。

そのため、私が相手の手を取る時は、『生涯この人だけ』という気持ちで取るのだろう。

「うっ、私は案外重いタイプなのかもしれないわね」

「何だって？」

「いえ、ラカーシュ様の言う通りです。多分、私は1番だと思った人の手を取るのだと思います」

はっきりとそう答えると、ラカーシュは理解した様子で頷いた。

「そうか。自分を高めることはやぶさかでないのだが、……これまでの私は、比べるべき相手は過去の自分だと思っていて、それを超えることを自分に課してきた。だが、今後は、他人と比較をして、その相手を超えていかなければならないのか」

「えっ！」

いつの間にかラカーシュの中で、私がものすごい要求をしていることになっていたので、驚いて声を上げる。

「わ、私はそのような要求は一切していませんよ！　そもそもラカーシュ様とジョシュア師団長は全然タイプが異なるので比べようがないし、どちらが上だとか判断できませんから」

必死になって言い返すと、ラカーシュは同意するかのように頷いた。

「その通りだ。全くタイプが異なるが、それでも優劣をつけなければならないはずだ。君が取る手は一つしかないのだから。……テストで満点を取る方が、何倍も容易《たやす》いな」

けれど、ラカーシュが私の言葉に同意したと思ったのは私の勘違いで、彼の言葉を聞く限り、全く同意していなかった。

そして、さらにとんでもないことを言い出した。

テストで満点を取るなんて、絶対に不可能だ。

それなのに、そんな不可能なことよりも、さらに難易度が高い行為を私が強いていると思われるなんて、……ラカーシュにとって、私はやっぱり悪役令嬢なのかしら？

そう考えて、私は頭を抱えたのだった。

30 聖山 2

一体どうすれば、私は悪役令嬢でなくなるのかしら。

そう頭を悩ませていると、ラカーシュの声が降ってきた。

「ルチアーナ嬢、君はどこまでも私を変えていくのだな」

顔を上げると、どこか楽しそうなラカーシュの表情があった。

「まさか学生の身で、王国魔術師団長を超えようと思う日が来るとは思いもしなかったが、君はそのチャレンジを私に課してくれたのだ」

「い、いや……」

否定しかけたけれど、その言葉が途中で途切れる。

そんなつもりはこれっぽっちもなかったけれど、結果として、ラカーシュに大変なことを強いたのは事実だったからだ。

もしかしたら私の体の隅々に悪役令嬢気質が残っていて、その気質がラカーシュに無理な要求を突き付けたのだろうか。

そんな可能性もありそうな気がして、申し訳なく思っていると、彼は自嘲するような薄笑いを浮かべた。

「私はいつの間にか、自分で限界を定めていたのだな。勝負をする相手は、自分自身のみだと決め込んでいたのだから」

それから、ラカーシュは雰囲気を変えるかのように、小さく微笑んだ。

「ルチアーナ嬢、君にそのような表情を浮かべさせ、困らせたことを謝罪する。言い方が悪かったが、私は私のために努力をするのだから、君が気に病むことは一つもない。むしろ私は楽しさを感じているのだから、君には感謝をしたい気持ちだ」

「そんなはずは……」

いくら私だって、ラカーシュが私の気持ちを軽くするために、事実を脚色していることくらいは理解できた。

私がジョシュア師団長から告白されたことを知ったがために、ラカーシュは師団長に挑戦し、勝たなければならないと考えたのだろうから。

けれど、それだけではなくて、……確かに彼の言う通り、ラカーシュは師団長に挑戦することを楽しんでいるように見えた。

ああ、ラカーシュはいつだって冷静で思慮深いけれど、能力が高い分、それが誰であれ相手に勝ちたいという好戦的な一面があるのかもしれない。

無言のままごくりと唾を飲み込むと、ラカーシュは手を伸ばしてきて、私の髪に挟まっていた葉っぱを取り除いてくれた。

「えっ？」

ラカーシュがさり気なく地面に捨てた葉っぱは、いつから私の髪に絡まっていたのかしら？

全く気付いていなかったため、恥ずかしく感じていると、ラカーシュは私の表情が変わったことに気付き、ほっとした様子を見せた。

「ルチアーナ嬢、思えばこれまでの私は、エルネストとセリア以外の者とほとんどかかわってこなかった。そのため、正しい対人関係を理解していない可能性がある。だから、君とのかかわりの中で、戸惑わせるようなものがあったならば、すぐに教えてくれないか」

それから、ラカーシュはおどけるかのように一言追加した。

「不手際があったとしても、長らく彫像であったものがやっと人になったのだからと、大目にみてくれるとありがたい」

その言葉を聞いた私は、びっくりして彼を見つめる。

まあ、出会った頃のラカーシュは、決してこのような冗談を口にしなかったはずなのに、いつの間にか変わってきているのだわ。

そして、その変化は彼自身の生活を楽しく変えるように思われたため、私は嬉しくなる。

そう言えば……と、先日もラカーシュから同じようなことを言われたことを思い出し、彼は変わりたがっているのかもしれないと考える。

そのため、私はにこりと微笑んだ。

「はい、分かりました！　私でよければ、人になったラカーシュ様に色々と教えてさしあげますね。でも、慣れないラカーシュ様が失敗をしたとしても、それを目撃した女子生徒たちは大喜びすると思いますから、教えすぎることも躊躇《ためら》われますね」

正直な一言を最後に追加すると、ラカーシュはぴくりと頬をひきつらせた。

「私が失敗をしたら、女子生徒が喜ぶのか？　……君の言葉を正しく理解できてはいないが、どうやらあまり失敗しない方がよさそうだ。分かった、できるだけ気を付けるとしよう」

しまった。今の言葉は、できるだけ気を付けないでほしいということだったのに、逆に捉えられてしまった。

ラカーシュの失敗を女子生徒は尊く思うだろうから、彼女たちのために彼の失敗を取っておかなければいけないと考えた私は、それ以上余計なことを言わないよう口を噤む。

それから、うふふふふ、と誤魔化すように微笑んでいたところ、風向きが変わったのか、ふわりと気持ちのいい風が吹いてきた。

そのため、私はラカーシュに断って立ち上がると、木の陰から出て、麓の方を覗き込む。

せっかく聖山に登ったのに、景色を一切見ていなかったことに、遅まきながら気が付いたからだ。

けれど、興味深げに山の麓を見つめていた私の上に、突然、ふっと影が差す。

何かしらと空を見上げると、鮮やかな赤と金が視界いっぱいに広がった。

咄嗟のことに、驚いて大きく目を見開くと――私の視線の先で、探し求めていた聖獣が優雅に羽ばたいていた。

煌びやかな赤と金の色をした、長い尾を持つ聖なる鳥である不死鳥。

その不死鳥が私の頭上を飛んでいるのだ。

「……っ！」

偶然にも、切望していた聖獣に逢えたことで、心臓がばくばくと高鳴り出す。

私は声も出せないまま、瞬きもせずに大空を羽ばたく聖獣を見つめた。

――生まれて初めて目にした不死鳥は、想像していた姿の何倍も神々しかった。

炎が燃えているのかと思われるほど鮮やかな赤色と、きらきらと輝く黄金色が交じった美しい羽根を持ち、青空をバックにこれ以上はないほどの美しさを見せている。

うっとりと見とれていると、不死鳥はその美しい羽根でゆったりと羽ばたいた。

その動きにより、きらきらとした光が降ってくる。

「まあ、『癒しの欠片』ね！」

輝きに手を伸ばしながら、私ははしゃいだ声を上げた。

不死鳥は空を飛ぶ際、気まぐれで煌めく光を落とすのだけれど、その光を浴びた人々は全員、ほんの少しだけ体調が良くなるのだ。

不死鳥はどんな怪我や病気も治すことができるけれど、実際にその力を示すのは、年に1人程度でしかない。

そのため、全てを癒す力はすごいものではあるけれど、国民に与える影響力としては大きなものでなかった。

一方、不死鳥が零す煌めく光は、『癒しの欠片』と呼ばれていて、多くの国民がその恩恵にあずかっていた。

なぜなら不死鳥は様々な場所を飛び回り、大勢の人々の上に『癒しの欠片』を降らせていたからだ。

このことにより、聖獣は国民に祝福を与える存在だと信じられており、人々は聖獣がこの国を護っていると信じていた。

そして、恐らく、この安心感こそが、聖獣が私たちに与えてくれる最も大きな恩恵だった。

「まあ、光が溶けていくわ」

私は驚いて声を漏らす。

手を伸ばして聖獣が落とした煌めきを受け止めたのだけれど、その光があっという間に溶けて、体の中に吸い込まれていったからだ。

その途端、光が触れた部位に温かさを感じるとともに、体全体が何とも言えない心地よさに包まれる。

そして、聖山に登ったことでへとへとになっていた全身が、一瞬にして元気になった。

痛みを覚えていた足も、山に登る前であるかのようにすっきりとしている。

「えっ、こんなに明らかに体調が改善するものなの？　まあ、これは本当に、素晴らしい祝福だわ！　輝きを身に受けるだけで、これほど元気になれるなんて」

驚いて目を見張ると、私の後ろに立っていたラカーシュも輝きを身に浴びたようで、力強く同意した。

「ああ、さすがは王家を王家たらしめている守護聖獣の力だ」

「あっ！」

けれど、ラカーシュの一言で、現実に立ち返ってしまう。

そうだった、かつての聖獣は王家に従っていたけれど、今となっては、双方間の契約は切れているのだったわ。

ああ、一体どうやって、聖獣の名前を取り戻せばいいのかしら。

そう考えている間に、聖獣は山の頂に向かって飛んで行ってしまった。

未練がましく見送っていると、ラカーシュから声を掛けられる。

「ルチアーナ嬢、朝の散歩としては十分だろう。そろそろ城に戻ろう」

彼の言うことはもっともだったため、素直に頷くと木陰に戻り、荷物を片付けることにした。

思いがけず聖獣を目にすることができたのだから、今日は十分な収穫があったわと考えながら。

その後、ラカーシュと私は、登る時と同じくらいの時間をかけて下山すると、再び馬車に乗って白百合城《リリウム》まで戻った。

そして、玄関先で別れようとしたところで、ふとラカーシュに口止めしていなかったことを思い出す。

そのため、私はラカーシュに向かって口を開いた。

「ラカーシュ様、聖獣の件ですが、私が気付いていることを王太子殿下にはご内密にお願いしますね」

けれど、返ってきた声はラカーシュのものではなかった。

「私に何を内密にするって？」

「えっ？」

聞こえた声に聞き覚えはあったものの、そんなはずはないと、信じられない思いで振り返る。

けれど、私の視線の先に立っていたのは、その信じられない人物で……。

「やあ、ルチアーナ嬢、朝から外出とは元気なことだな」

（朝からラカーシュを連れ回すとは、さすがの手腕だな）

にこやかな表情の下、明らかな嫌味を発してきたのは、銀髪翠眼のきらきら王子様、エルネスト・リリウム・ハイランダーだった。

31 ルチアーナの好感度アップ大作戦

「お、王太子殿下!!」

私は驚愕の声を上げると、信じられない思いで目の前の人物を凝視した。

えっ、王太子は白百合領に来ないんじゃなかったの？

この地にラカーシュが付いてきたことだけでも想定外なのに、さらに王太子まで来るなんて、一体どう対処すればいいのかしら!?

そう進退窮まった思いで後ずさったところ、とんと背中が何かにぶつかった。

「大丈夫か、ルチアーナ嬢？」

肩を支えられたことで理解したけれど、ぶつかった相手はラカーシュだった。

ううう、前門のエルネスト、後門のラカーシュだわ。

これはどうすればいいのかしら、と身構えていたところ、王太子から先手を打たれて質問される。

「それで、ルチアーナ嬢？　私に対して、何を内密にしようとしているのだ？」

「ううううっ！」

最悪なことに、王太子にだけは聞かれてはいけない言葉を、本人にばっちり聞かれている。

あああ、前門すら守れていないじゃないの！

「そっ、それは……」

動揺しながら王太子を見つめると、不信に満ちた眼差しで見つめ返された。

普通の令嬢であれば、その視線にびくつくところだけれど、見下すような視線を目にしたことで、悪役令嬢である私は起死回生の一手を思い付く。

そうだわ！　王太子はルチアーナにべたべたされることが、大嫌いだったわよね。

だったら、以前のルチアーナのように悪役令嬢の態度で接してみたら、王太子は嫌になって逃げていくんじゃないかしら。

ほほほ、何も私の方から逃げ去る必要はないのだったわ。相手に自ら退場させればいいんだもの！

そう考えながら王太子に近付いていくと、私はわざとらしい流し目を送った。

「ほほほ、残念ながら、隠すべき秘密は暴かれてしまったようですわ。殿下に誤解されたくないとの乙女心から、ラカーシュ様と出掛けたことを秘密にしようとしたのですけど、殿下ご自身に見られてしまったのですから。もしかして、やきもちを焼いてくださいますの？」

必死でぱちぱちと高速の瞬きを繰り返しながら、王太子の服に触れるか触れないかの位置まで指先をもっていくと、さり気ない様子で一歩後ろに下がられる。

ふははっ、予想通り、見事なまでに嫌われているわ！

そう考えた私の推測は正しかったようで、王太子がさらに一歩後ろに下がったため、よし、今日はこれくらいで勘弁してやろうと、この場から退散することを決める。

「まあ、王太子殿下ったら、私に近寄られるのも嫌なご様子ですわね！　ほほ、何をしても厭われそうですので、この辺りで部屋に戻りますわ。それでは、ごきげんよう」

王太子にそう挨拶をすると、今度はラカーシュに顔を向ける。

「ラカーシュ様、朝の散歩にお付き合いいただきありがとうございました。午後からの領内探索も楽しみにしています。それでは、後ほど」

私は言いたいことだけを口にすると、素早く扉の方に向き直った。

呼び止められたらまずいとの思いから、できるだけ早くこの場を去ろうとしたのだ。

結局、私の方が退散している気がするけれど、これが私の限界だから仕方がない。

2人の前では冷静さを装っていたけれど、頭の中ではどうしてこうなったのかしら、と絶望の声が漏れ続けているのだから。

あああ、どうして王太子は白百合領に来たのかしら？　約束と違うじゃないの!!

けれど、即座に『どうしてって、それはもちろん白百合領が王太子の領地だからだし、そもそも王太子とは何の約束もしていないわよね！』と自分自身に言い返す。

そう、想定外に王太子が白百合領に来てしまったけれど、私に留め立てする権利はこれっぽっちもないのだ。

私は暗鬱な気分で自室に戻ると、山登りでぐちゃぐちゃになった服をデイドレスに着替えた。

それから、ペンを手に取ると、混乱している状況を整理しようと紙に書き付けていく。

私がやるべきこと。

それは、まず第一に、兄の左腕を聖獣に治してもらうことだ。

そのためには、失われてしまった聖獣の『真名』を取り戻さなければならないし、王太子と聖獣の間の契約を成立させなければならない。

けれど、私は『真名』を忘れてしまったので、現状は手詰まり状態で、できることは何もない、という絶望的な状況なのだ。

「うーん、王太子と私は聖獣の真名を取り戻したい。ラカーシュの立ち位置は不明だけど、王太子のためになることだし、頼んだら、聖獣の真名を取り戻すことに協力してくれそうよね。つまり、皆の希望は一致しているわよね。そして、王太子とラカーシュの方が、私より何倍も頭がいいのよね。2人の方が間違いなく、いいアイディアを思い付くはずだから……協力を仰ぐべきかしら？」

けれど、そこまで考えたところで、自分が先ほど王太子に対して失態を演じてしまったことに気が付く。

「ああああっ、し、しまった！　聖獣の力を貸してもらうために、私は王太子と仲良くしなければならないのだったわ！　それなのに、攻略対象者を避けていた時の癖が出て、王太子から逃げたいあまり、彼が一番嫌がる態度を取ってしまったわ」

私は頭を抱えると、テーブルに突っ伏した。

あああ、小難を逃れて大難に遭う、典型的な例じゃないの！　私は何をやっているのかしら。

そもそも、『前門のエルネスト、後門のラカーシュ』という考えが間違いだったのだわ。

2人とも敵じゃないのに、悪役令嬢として嫌われていた期間が長すぎて、つい本能で敵認定してしまうなんて。

私は急いで立ち上がると、鏡の前に場所を移す。

そして、真剣な表情で、鏡に映る自分を覗き込んだ。

ルチアーナが非の打ち所がない美女であることは間違いないけれど、こうやって見ると、欠点がなさすぎるのよね。

雪花石膏《アラバスター》の肌に豊かな紫の髪、煌めく琥珀色の瞳だなんて、もはや芸術的な色の組み合わせだ。

そのうえ、驚くほど長いまつ毛や、何もしなくてもピンク色のぷるぷるの唇まで持ち合わせているのだから、完璧で完全な美女そのものじゃないの。

「だから、無表情でいると、ものすごく冷たく見えるのよね。唇の端を吊り上げるだけで意地悪に見えるし、まつ毛をぱちぱちと瞬かせただけで悪女に見えるんだもの」

どうやら整った貌というのは、ちょっと表情を変化させただけで、何倍もイメージを誇張させる効果があるらしい。

「ということは、私が天真爛漫な笑顔を見せたら、ものすごくピュアに見えるってことじゃないかしら？」

そう閃いた私は、必死でゲームの主人公の屈託ない笑顔を思い浮かべる。

どうしてルチアーナはいつもいつも、あれほど高飛車で勝ち誇った笑みを浮かべていたのかしら、と常々思ってはいたのよね。

もちろんそれが役割に相応しい表情だったのだろうけれど、必要に応じて表情を使い分けることは大事だわ！

ほほほ、私は策略を練ることができる悪役令嬢だからね。

攻略相手を誑《たら》し込むために、純粋で悪意のない笑みを浮かべてみせるわよ。

「そして、２人と仲良くなるのだわ！」

ラカーシュとは何度も一緒に行動したことがあるので、それなりの信頼関係を築けているはずだ。

問題は王太子だけれど、……確かに、聖獣の力を借りたいという下心はあるけれど、……既に最高潮に嫌われているけれど、何とかなる……といいわよね。

先ほど、王太子に対してやらかしてしまったことを思い出し、一瞬、暗い気分になったけれど、これまでのルチアーナはずっとあんな調子だったのだ。

王太子からしたら、先ほどの私だって『いつも通りのルチアーナ』で、既に下がり切っている好感度がさらに下がることはないはずだ。

そして、そんな風に王太子を油断させたところで、純粋ルチアーナが登場して、好感度アップ大作戦開始というわけだ！

私の中の冷静な部分が、そんなに上手くいくかしら、と心配を始めたけれど、ここまで来たら、もうやるしかないと心を決める。

「ふっふっふ、普段冷たい人が子犬を拾っただけで、ものすごく優しく見えることの応用よ！　普段から高飛車で高慢なルチアーナが純粋さを見せたりしたら、ものすっごくいい子に見えるはずだわ!!」

私はそう自分に言い聞かせると、部屋を出て食堂に向かったのだった。

◇　◇　◇

「想定外に早く用務が片付いたため、当初の予定とは異なり、私も実習に参加することにした。この地については詳しいので、分からないことがあれば何でも聞いてくれ」

皆が集まった昼食の席に顔を見せ、爽やかな笑顔でそう説明した銀髪翠眼の王太子は、全員から大歓迎された。

特に、私の両隣に座る女子生徒2人は頬を赤らめると、興奮気味に小声を発する。

「やった、やった！　エルネスト様がいらっしゃったわ！　すごいすごいすごい!!」

「あああ、銀の髪って世界で一番尊いわ！　翠の目って世界で一番輝いているわね！」

私の正面に座った王太子は、それらの様子をにこやかに見つめると、彼の隣に座るラカーシュと話を始めた。

そんな王太子の表情は溌剌《はつらつ》としており、数日間、馬車に揺られて疲れているようには見えなかった。

そのため、王太子はこの地まで転移陣で転移してきたのじゃないかしら、と私は推測する。

忙しい王太子が、片道5日もかけて馬車で来ることは現実的でないし、王宮と白百合城は転移陣でつながっているので、それを使用しないはずはないと思われたからだ。

ただし、セキュリティの関係上、この城に王宮につながる転移陣があること自体を、外部の者には秘密にしているので、学園の生徒たちは王太子が馬車で来たと思い込んでいるはずだ。

けれど、私はゲームで王太子ルートをクリアしているため、この城に転移陣があることも、どの部屋に転移陣があるのかも全て知っているのだ。

と、そう考えたところで、突然閃く。

「あっ！」

今さらながら思い出した。

聖山の頂上近く――――聖山は活火山のため、火口から少しずれた場所に――――この城からつながる転移陣がある、ということを。

「すっ、すっかり忘れていたわ！　つまり、今朝、わざわざ歩いて行く必要はなかったんじゃないの!!」

転移陣を（こっそり）使って、聖山まで移動することができたはずだもの。

それなのに、慣れない山登りをしたがために、下山しただけで足が棒のようになってしまった。

あああ、仕方がないことだと考えていた山登りが不要だったと分かったことで、一気に損した気分になってしまったわ！

両手で顔をおおってがっくりしていると、王太子の声が降ってきた。

「どうした、ルチアーナ嬢？　午前中は十分な運動をしたから、食が進むかと思ったのだが、あまり食べてないようだな」

くうっ、また嫌味ね。

私がしたのは十分以上の運動で、だからこそ疲労困憊になって、逆に食が進まないというのに。

そして、きっと王太子はラカーシュから話を聞いていて、そのことを分かっているだろうに、と思いながら顔を上げる。

これまでの私であれば、王太子に何を言われたとしても、できるだけ関わらないでおこうと、『はい』か『いいえ』で返していたけれど、先ほど私室で、何としてでも彼と仲良くなろうと決意したことを思い出す。

そのため、私は練習通り、できるだけ控えめに見える微笑を浮かべた。

「うふふふ、殿下、ご心配いただきありがとうございます」

するとと、私の微笑を目にした王太子は、びくりと体を跳ねさせ、眉間に皺を寄せた。

その姿を見て、あれ、気に障らないような控えめな態度に徹したつもりなのに、まだ気に入らないのかしら？　と、がっかりする。

よく見ると、王太子の頬が少し赤らんでいるので、怒りを感じているのかもしれない。

まあ、王太子好みの控えめな態度を示してもこれじゃあ、好感度アップなんてまだまだ先の話ねと思いながらも、彼の発言に調子を合わせてみる。

「実のところ、殿下のおっしゃる通りお腹がぺこぺこだったので、ゆっくりと噛みしめながら味わっていたところですわ。ふふふ、お野菜が特に美味しいですね。もしかしてこれらの野菜は、白百合領で採れたものですか？」

まずは王太子の領地のものを笑顔で褒めて、気分をよくする作戦だったのだけれど、王太子はぴくりと頬を引きつらせた。

「……いや、これは領内で採れた野菜ではなく、隣の領地から買い求めたものだ」

「あっ、そ、そうなんですね！　さ、さすが白百合領と隣り合う土地の野菜だけあって、美味しいです！」

まさかそのような回答が返って来るとは思っていなかったため、焦ってしどろもどろな返答になる。

通常、野菜のように価格が安いものは、わざわざ遠くから運んだりしないのに、領地外から購入した野菜が使われているなんて想定外だったわ。

そう焦る私を何と思ったのか、王太子はしばらく私の顔を見つめた後、ふいに話題を変えてきた。

「ルチアーナ嬢、昼食後はラカーシュとともに領内の村を回る予定らしいね。私が加わっても、問題ないだろうか？」

「えっ、も、もちろんです!!」

まあ、王太子自ら食いついてきたわよ！

ということは、王太子の表情は厳しいけれど、私の笑顔＋褒め褒め作戦は、上手くいったということかしら？

そう嬉しく思って、にまりとしたけれど……。

「ああ、やっぱりエルネスト様はラカーシュ様とご一緒に行動されるのね！」

「お2人の仲の良さでしたら、仕方がありませんわね!!」

両隣に座る女子生徒たちがそう零していたので、私の努力とは関係ないところで出た結果かもしれない。

その後、昼食を終えた王太子とラカーシュ、私の3人は同じ馬車に乗ると、視察先に向かった。

馬車に乗り込む際、王太子とラカーシュがちらりと私のドレスに視線を向けてきたので、どうやら昼食後に服を着替えたことに気付かれたようだ。

本日は、視察先として領地内にあるルナル村を予定していたため、びらびらのドレスを着るのは場違いに思われて、手持ちの中で1番装飾の少ないドレスに着替えてきたのだ。

王太子とラカーシュも似たようなことを考えたようで、2人は普段着用しないようなシンプルな服に着替えていた――ただし、シンプルではあったものの、明らかに上質な布地であるうえ、2人とも間違えようがないほどの気品に溢れていたので、誰がどう見ても上級貴族にしか見えなかったけれど。

私と同じようにシンプルな服装をしてきた2人を見て、あら、案外この2人と私の思考は似通っているのかもしれないと親近感が湧いてくる。

そのため、こんな風に似ている部分を見つけて、話題にすることで、仲良くなれるんじゃないかしらと考えたけれど、馬車の中で向かい合わせに座った2人の姿を目にした途端、その作戦の実行を諦めた。

なぜならどちらも極上のイケメン過ぎて、まっすぐ視線を向けることすら難しかったからだ。

そうだった。この2人はゲーム内でも人気を二分していた、最上級の攻略対象者だった。

そんなイケメン2人と気安く口を利こうだなんて、私には100万年早かったわ。

そう考え、『2人と仲良くなるために話をしよう』作戦を早々に捨て去り、窓からの景色を見るともなしに見ていたところ、王太子が私に話しかけてきた。

「ルチアーナ嬢、私が不在の間、生徒会の仕事を手伝ってもらったことに対して、まだお礼を言っていなかったな。収穫祭がこれまでになく斬新なものになったのは、君が多くのアイディアを出したからだと聞いている。そのことについて感謝する」

「えっ！　い、いいえ、とんでもないことですわ」

まさか王太子からお礼を言われるとは思っていなかったため、両手を振って否定する。

それに、実際のところ、お礼を言われるほど生徒会の仕事を頑張ってはいないのだ。

なぜなら毎日、生徒会室に顔を出していたのは、部屋の隅を借りて勉強するためだったし、その際には、ラカーシュから勉強を教えてもらっていたので、むしろ、彼の仕事の邪魔をしたように思われる。

そして、収穫祭の内容が斬新になったのは、私の心の奥底に眠っていた願望を……たとえば、『イケメンたちの普段にない格好を見てみたい！』だとか、『あわよくば、攻略対象者の私室を覗いてみたい（だから、特典付きの企画を提案しよう）！』だとかを、思ったままに形にしただけなのだ。

ただし、王太子に詳しく説明するには、動機となる下心が酷過ぎるため、私の名誉のために黙っていようと心に決める。

そのため、俯いてもじもじしていると、結局のところ紳士な王太子は、見て見ぬ振りをすることに決めたようで、生徒会についての話に切り替えた。

（余談だけど、こんな風に嫌っている私に対しても、きちんと気遣いを見せられるところが、王太子の人気が高いゆえんだと思う）

「ルチアーナ嬢、生徒会について説明したい。とはいっても、君は生徒会室に何度も顔を出しているため、メンバーは既に把握しているのだろうが」

突然、王太子が生徒会の話を始めたことを不思議に思ったものの、私にも馴染みのある話だったため頷く。

わずか1か月という短い期間だったけれど、収穫祭の開催という共通の目的があったため、生徒会のメンバーとはだいぶ仲良くなれたのだ。

王太子は私の表情を確認すると、説明を続けた。

「君も承知している通り、現在の生徒会メンバーは、会長、副会長、書記、会計、庶務の5名となっている。その5名で生徒会業務を運営することに支障はないのだが、毎月開催するイベントがマンネリ化しているように思われてね。新たに広報担当に加わってもらいたいと、常々考えていたところだ」

「まあ、そうなんですね。生徒会主催のイベントといえば、先月は収穫祭、先々月は占いを実施されましたよね？　どちらもすごく楽しかったです！」

王太子がせっかく話しかけてくれたので、好感度アップ作戦にのっとり、何でも褒めておこうと笑顔でイベントを肯定すると、彼はじっと私を見つめてきた。

「えっ、ど、どうかしましたか？」

まさか私の下心が見抜かれたのかしら、とどきどきしながら聞き返すと、彼は驚くべきことを口にした。

「広報担当の人選について内々に検討した結果……私としてはぜひ、斬新なアイディアを持つルチアーナ嬢に就いてもらいたいと考えている」

◇　◇　◇

「えっ！　わた、私ですか!?」

寝耳に水の話だったため、驚いて聞き返すと、王太子から真面目な表情で頷かれた。

「ああ、色々と忙しいだろうが、検討してもらえないか」

真摯な表情で尋ねてくる王太子を前に、私はびっくりして目を見開く。

まあ、……鴨が葱を背負って来たわ！

なぜなら私は、どうにかして王太子と仲良くならなければいけないと考え、その方法をずっと探していたからだ。

白百合領に滞在する10日間で、聖獣問題が片付くとは思えなかったので、学園に戻った後も、引き続き聖獣について色々と試みなければいけないだろうと覚悟していた。

そのため、今後もどうにかして王太子と仲良くしておく必要があると考えていたところ、王太子自ら彼と関わる理由を与えてくれるなんて。

「検討しました！　ぜひ生徒会に加わらせてください!!」

あれほど私のことを嫌っていた王太子のことだ。

私の生徒会入りを申し出た裏には、ラカーシュの口添えがあったに違いない。

そして、いくら大事な従兄からの口添えがあったにしても、王太子は私が生徒会に参加することに、全面的に賛成していないはずだ。

そのため、私ごときが答えを迷ったりしたら前言を撤回されかねない……と考え、大きな声で即答する。

すると、王太子は驚いた様子を見せた。

「は、もう返事をするのか？　それは……すごい決断力だな。では、今後は君が、生徒会の広報担当だ。よろしく頼む」

そう言うと、王太子は右手を差し出してきた。

突然の成り行きに未だ戸惑ってはいたものの、逃がさないわよ、とばかりに私は王太子の手をぎゅっと握り返す。

初めて握った王太子の手は私より大きくて、手袋越しでも分かるほど温かかった。

そのため、ふと現実に立ち戻る。

えっ、あれっ、私ごときが王太子と握手をしているわよ!?

その時になってやっと、私は自分の行動を自覚し、はっとして顔を上げた。

すると、王太子のきらきらしい美貌が間近に迫っていることに気付く。

近くで見た王太子の瞳は翠の宝石《エメラルド》のように輝いており、とても近距離から鑑賞する対象ではないと、心臓がどくりと跳ねた。

「うぐっ!」

そのため、私は慌てて握っていた手を離す。

「し、失礼しました! お、王太子殿下の手を握るなんて、図々し過ぎましたね!」

まずい、まずい、まずい。

最近、どういうわけか(もちろんこの世界が乙女ゲームを基にしているため)イケメン遭遇率が高く、イケメン慣れしているような気持ちになっていたけれど、王太子の美貌は格別だわ。

動揺していることを悟られまいと、誤魔化すような言葉を口にしたけれど、王太子は戸惑った様子で返事をした。

「……いや、私から手を差し出したのだが」

「あ、そ、そうでしたね」

自分でも挙動不審になっていることは分かっていたため、『落ち着くのよ、私!』と心の中で言い聞かせていると、片手を取られた。

えっと思って取られた手を見ると、ラカーシュから両手で握りしめられている。

「えっ、あの、ラカーシュ様？」

「私も生徒会役員だからね。ルチアーナ嬢、よろしく頼むよ」

ラカーシュは両手で少し強めに私の手を包み込むと、その整った貌で間近に覗き込んできた。

そのため、キラキラと輝く黒《ブラック》ダイヤモンドの瞳が目に入り、やはりラカーシュも近距離から鑑賞する対象ではないと、心臓がどくどくと不規則な音を刻み出す。

「こ、ここ、こちらこそ、よろしくお願いします！」

おかしい、おかしい。

ラカーシュから見つめられることには、だいぶ耐性が付いたはずなのに、私はどうしてこんなにドキドキしているのかしら。

そう不思議に思うけれど、ラカーシュの見つめ方がこれまでと異なるように思われて、動悸が収まらない。

どういうことかしらと、服の胸元部分をぎゅっと摑んでいると、王太子が呆れた様子でため息をついた。

「ラカーシュ、私は挨拶をしただけだ。にもかかわらず、あからさまに誘う視線を送るんじゃない。いつからお前はそんな風になってしまったのだ」

王太子の言葉を聞いたラカーシュは、そこで初めて自分の行動を自覚したとばかりにぱちりと目を閉じると、数秒間そのままの状態を保っていた。

それから、彼は目を開いたけれど、その目つきは先ほどまでと異なり、よく見慣れた穏やかなものに戻っていた。

そのため、私はほっと安心する。

それでも、何とはなしにできるだけ距離を取ろうと、座席に深く座り直していると、王太子とラカーシュは無言で私を見つめた後、2人ともに苦笑した。

……多分、あの表情は、私が男性慣れしていないことに呆れているのだ。

そう考えてむっとしたけれど、慣れていない私をかわいそうに思ったのか、そのまま2人で話を始めたので、私は再び窓の外を眺めることにした。

この2人はイケメン過ぎるから、見つめ続けているのは心臓に悪いと身をもって理解したわ、と考えながら。

そのため、その後の時間は頑なに窓の外を見続けていたのだけれど、視線を向けなくても声は耳に入ってきたため……2人ともイケボよねーと耳を楽しませている間に、視察先に到着した。

32 白百合領視察

視察先として訪れたのは、聖山の麓に近いルナル村だった。

白百合領と言えば、聖獣が棲む聖山が有名なため、聖山の近くにある村を訪問して、昔から伝わっている古い伝承や、その地の暮らしぶりを教えてもらおうと思ったのだ。

学園の生徒が村を訪問する話は、前もって伝わっていたらしく、村長らしき方の出迎えを受けたけれど、彼は王太子を見た途端、驚いた様子で数歩後ずさった。

「お、おお王太子殿下！　こ、このような地をご訪問いただき、誠にありがとうございます!!」

突然の世継の君の登場に、緊張した様子を見せる村長に対し、王太子は気安い様子で片手を上げる。

「顔を上げてくれ。連絡もなく、突然来てすまなかったな。今日は村の中を好きに見て回る予定だから、案内は不要だ。村長がいると皆も緊張して、言葉を発しにくいだろうからな」

「え……」

村長の顔には、村の長ごときよりも、一国の王太子に相対する方が何倍も緊張するし、言葉を発しにくい、と言いたい気持ちが表れていたけれど、王太子に対して反論できるはずもなく、無言のまま頷いていた。

その様子がおかしかったため、私はこっそりラカーシュに耳打ちする。

「ラカーシュ様、聞きましたか？　村長よりも、王太子殿下を相手にした方が、皆さんは何倍も緊張するでしょうに、殿下は案外自分のことが分かっていないんですね。これは、村の皆さんを困らせないためにも、私が質問役を買って出た方がよさそうですね！」

ラカーシュは私の頭のてっぺんから足元までを無言で見つめた後、小さく頷いた。

「なるほど、案外自分のことは分からないというのは、その通りのようだな。君ほどの佳人から話しかけられたら、誰だって言葉に詰まるだろうことを理解していないのだから。エルネストも君も不適と言うのであれば、ここは私の出番だろう」

「…………」

ラカーシュの言葉を聞いた村長は、ものすごく何かを言いたそうな表情を浮かべたけれど、立場上我慢したようで、無言を貫いていた。

代わりに、それほどの立場もなく、我慢強くもなさそうな村人の1人が、ぽつりと呟く。

「いや……、フリティラリア公爵家様も同じ……」

その言葉を拾ったラカーシュが、全く理解できないという表情を浮かべたため、私はもう1度同じことを考えた。

まあ、本当に自分のことは分からないものね。

ラカーシュみたいに誰が見ても貴族の頂点と思われる人物から話しかけられたら、緊張で返事もできないでしょうに、そのことに気付いてもいないなんて！

そして、ラカーシュは私も同様だと考えているようだけど、私は2人と違い元庶民だから、皆の中に溶け込むのはお手の物なのよね！　見てなさいよ。

と、そう考えてにまりとする。

……そんな風に、それぞれしたり顔で頷く王太子、ラカーシュ、私の3人を、村の人々は生暖かい目で見つめていたのだった。


さて、始まりこそそんな調子だったけれど、視察は案外スムーズに進んでいった。

予想以上に王太子がいい仕事をしたのだ。

もちろん、多くの者は王太子を相手に緊張している様子だったけれど、彼らは緊張しながらも、丁寧に王太子の質問に答えていた。

そのことから、彼が領地の者たちから慕われていることに気付く。

今も、わざわざこの村を訪れてくれた王太子のためにと、とっておきの籠を取りに行った住民を待っているところで、彼らは心から王太子を歓待しているようだ。

さらに、領民たちの話の端々から、王太子が頻繁にこの地を訪れていることが読み取れたため、公務と学園で忙しいはずなのに、合間を縫って自領を訪問しているなんて立派だわと感心する。

そんな思いから、すごいわねーと王太子を見つめていると、止めてくれとばかりに片手を振られた。

「ルチアーナ嬢、他人を称賛の眼差しで見つめるなど、君らしくない行いだな。もしもこれが演技だとしたら、時間の無駄だから止めてくれ」

「まあ、婉曲な言葉の裏に嫌味をまぶす、王太子お得意の話し方はどこにいったんですか？　白百合領は領地だけあって、殿下はリラックスできるんですかね。おかげで、人当たりのいい外面がお留守になって、素が出てきていますよ」

王太子からストレートに悪口を言われたため、驚いて言い返すと、彼はため息をついた。

「どういうわけか、私が綺麗に覆い隠したはずの本音を、君は正確に読み取るからな。婉曲な表現を考えるために頭を使うことが、馬鹿らしく思われてきたのだ。そのため、他の者がいない時は、素直に思ったままを口にすることにした」

「なるほど、それは理にかなっていますね」

元々王太子には合理的な一面があるし、ものすごく忙しい立場にあるから、悪役令嬢にまで頭を使っていられないわよね、と納得する。

うんうんと頷いていると、王太子は考えるかのように小首を傾げた。

「一方、私は君の心情を読み取れないから、君は自分の考えを隠すために黙っていればいいのに、つられて心の裡《うち》がぺらぺらと口に出ているぞ」

「えっ！」

王太子に指摘されたことで、普段は心の中に留めておくような本音をしゃべってしまったことに気付き、慌てて口元を押さえると、それを見た王太子がおかしそうに微笑んだ。

「君みたいな口調を歯に衣着せぬと言うのだろうな。嫌いではないから、私の前ではその調子で構わない」

「いや、ですが、私はできるだけ悪役令嬢っぽくない言動を取りたくてですね……」

「悪役令嬢？　浅学のため、その単語の意味は分からないが、……君は変わったな」

王太子は正面から私を見つめると、しみじみとした声を出した。

「えっ？」

「君は変わったのだと、ラカーシュから話は聞いていた。だが、今の彼は少々特殊な状態にあるため、話半分に聞いていたのだが……」

そう言いながら、王太子が隣に立っているラカーシュをちらりと見ると、彼は不快そうに顔を歪めた。

そんなラカーシュに苦笑すると、王太子は再び私に顔を向ける。

「今日、一緒に行動したことで実感した。以前のルチアーナ嬢は自分のことだけを考えて行動していたが、今の君は思いやりを身に付けている。君が発する言葉も……鋭いことを言う時はあるが、口にするのは事実だし、他人を傷付けるものではない」

突然の褒め言葉ともとれる王太子の発言に、私はびっくりして目を見張った。

一体王太子はどうしたのかしら、と戸惑いを覚えたけれど、彼は同じ調子で言葉を続ける。

「正直、こんな短期間で人は変われるものなのだと、私は驚いている」

生真面目な表情の王太子を見て、あれ、これは本気で私の変化を認めてくれているのかしら、と驚いて言葉が滑り出た。

「えっ、それはありがたいお言葉ですが、判断を下すのが早過ぎませんか？　私は下心を持っていて、しおらしい演技をしているかもしれませんよ」

けれど、王太子から即座に、「君の態度にしおらしさは感じない」と否定される。ぎゃふん。

「私は王宮で、多くの者に囲まれる生活をしている。皆、色々な思惑を持って近付いてくるから、私にとって1番必要なのは、人の本質を見抜く能力だ。幼い頃から多くの者を観察してきたため、その精度はだいぶ上がってきたと考えているのだが……その私の目から見て、君は以前とは別人だ。演技ではない」

王太子からはっきりと「別人」と断定されたため、私はぎくりと身をすくませた。

そんな私を冷静に見つめると、王太子はふっと小さく微笑む。

「君にとって、その変化は悪いものではないだろう。人格は生まれや育った環境に影響される。君の家族は君を大事にしてきたようだから、そのせいもあって、君は自分を特別だと思い込み、あのような性格が形成されたのだと考えていたが……それを途中で見直せるとしたら、大したものだ」

◇　◇　◇

これまでのことを思い返してみると、前世の記憶を取り戻す前も、取り戻した後も、ルチアーナは一貫して王太子から嫌われていた。

もちろん原因は高飛車で高慢なルチアーナの性格にあったので、仕方がないことだと諦めていたけれど、一転して王太子から褒め言葉のようなものをかけられてしまった。

そのため、びっくりして目を見開いていると、王太子は言葉を続けた。

「性格を変えることは簡単ではない。これまでの性格が好ましくないものだったと認め、思考の癖を変化させなければならないのだから。並大抵のことではないし、苦痛を伴う行為だ。だが、それをやろうと努力している者がいれば、私はその行為を尊重するし、助力したいと思う」

そう口にした王太子を見て、『まあ、本当に思いやりがあるのね』と感心する。

大抵の人であれば、「この人の性格には難がある」と思ったら、二度と近付くことはないだろうに、王太子はもう1度近付いてくれたのだ。

その上で、私の性格を公平に観察し、きちんと変化を認めて評価してくれたのだ――――相手が、ものすごく嫌っていた私であるにもかかわらず。

私に対してこれほど親切に対応するのであれば、他の者に対する態度はもっと手厚いに違いない。

「王太子殿下はとても丁寧に人を見ているんですね。……あなたのような方が王になれば、国民は幸せですね」

声に出した途端、その通りだわと思う。

前世でプレイした乙女ゲーム、『魔術王国のシンデレラ』に登場した攻略対象者の中で、私はエルネスト王太子に1番夢中になった。

けれど、ゲームの中で知り得た彼についての情報は、ゲームの進行上必要だと思われるものに限定されていた。

一方、実際にこの世界で、王太子と行動をともにしてみたらどうだろう。

情報の制約がないため、色々なエルネスト王太子を知ることができたけれど、実物の方が多くのことを考えていて、思いやりがある人物だった。

そんな王太子のことを知れば知るほど、彼には幸せになってほしいと思う。

ゲームをプレイしていた時、何とか王太子ルートをクリアしたいと頑張っていたけれど、それは王太子に幸せになってほしかったからなんだな、と今になって思う。

なぜならゲームの中ではシンプルに、ヒロインと結ばれたヒーローは必ず幸福になっていたからだ。

ゲームのキャラ相手にもそう思うのだから、実物の王太子と一緒に生きる世界に来て、彼の誠実な生き方を目の当たりにしたら、もっとそう思うのは当然のことだろう。

　そして、王太子は当たり前のように他人のために行動するから、多くの者を救うことができる王という立場に即《つ》けたら幸せだろう。

　つまり、エルネスト王太子が王になることは、国民のためであると同時に、彼のためでもあるのだ。

　その際、王太子には自分の価値を正しく認識してほしいから、彼自身のために聖獣の名前を取り戻してあげたいな……とそう考えたところで、籠を取りに行っていた村人が戻ってきた。

　そのため、私は慌てて思考の世界から現実に戻ってくると、ぱちぱちと瞬きをする。

　それから、視線を落として、手渡された籠に目を向けた。

　聖山に生えている植物の蔓で編まれたという籠は、多くの物が入れられそうな手提げ付きの便利な品物だった。

　とっておきというだけあって、丁寧に編み込んであるわね、と皆で感心していると、村人はその籠を王太子に持ち帰ってほしいと言い出した。

「いいのか？」

　王太子の問いかけに、村人は嬉しそうに頷く。

「もちろんです！　この村の誰もが、王太子殿下にこの地の物を献上したいと思っていますので、それらの物を入れる籠が必要なはずです。よかったら使ってください。この村の視察が終わった時には、その籠がいっぱいになっていますよ！」

朗らかに笑う女性に皆でお礼を言うと、今度は畑を見て回ることにした。

村のあちこちを回って話を聞いたけれど、聖獣についての新たな情報は得られなかったため、直接的な情報収集はいったん諦めることにしたのだ。

代わりに、何かヒントになるものはないかと、村を見て回る。

初めに村長から受けた説明では、この地は農業が盛んとのことだった。

近くに聖山を持つ、聖獣の恵みを受けた村だ。

さぞかし立派な作物が採れるのだろうと期待して、野菜の生産者に話を聞くと、笑顔で私の推測を肯定してくれた。

けれど、実際に見てみようと、畑の周りに立って中を覗き込んでも、見えるのは野菜の茎や葉のみで、肝心の作物は一切見えない。

そのため、畑に入って近くから見せてほしいと頼むと、途端に生産者は表情を曇らせた。

「い、いや、道からでも十分見えると思いますので、止めた方がいいですよ！　ぴかぴかのブーツが泥だらけになりますから」

焦った様子で答える生産者を見て、あれ、何か見られたくないものでもあるのかしら、と私の勘がピンとくる。

生産者の意向に反して悪いけど、こういうところに聖獣のヒントが落ちているかもしれないからね、と少々強引に許可を取ると、王太子とラカーシュの制止を振り切って、畑に足を踏み入れた。

ブーツがずぶりと土の中にめり込み、警告された通り泥だらけになる。

仕方がないわ、と歩を進めていると、たくさんの作物が収穫間近なことに気が付いた。

畑の周りから見た時は、何一つ作物が実っていないように見えたため、どうやら道に面した部分だけを先に収穫していたようだ。

腰をかがめて手に取ってみると、その作物は私が知っている形をしていながらも、馴染んだものとは異なる色をしていた。

本来なら緑色をしているはずの野菜が、毒々しい赤色をしているのだ。

驚いて隣の畑に移動すると、そこには異なる種類の作物が植えてあった。

けれど、手に取ってみると、黄色のはずの野菜がやはり赤色をしている。

そのため、私はそれぞれの畑から一つずつ作物をもぎ取ると、生産者の前に差し出した。

真っ赤な二つの野菜を見て、生産者は困った表情を浮かべる。

「す、すみません。先ほど、この地は農業が盛んで、とても上質な野菜がたくさん採れると説明しましたが、間違っていました！　実は、ここ数年ほど、売り物になるような作物がほとんど採れないのです。私たちが食べる分には困らないのですが、お金にはなりません」

その言葉を聞いて、今日の昼食に出た野菜は領地外から買い求めたものだと王太子が説明していたことを思い出す。

「あの、……あなた方はこの作物を食べているのかしら？　体に影響はないの？」

そう質問しながら、生産者の顔色を確認したけれど、彼の血色は良く、不健康そうな様子は見られなかった。

「ええ、味も変わりませんし、体に不調はないです！」

そう答える生産者に安心し、最初に疑問に思ったことを尋ねてみる。

「作物がこんな風に赤くなりだしたのはいつからかしら？　原因を知っている？」

すると、生産者は考えるかのようにしばらく黙った後、口を開いた。

「作物に色の異常が見られるようになったのは、４年前からです。原因は分かりません」

「そう……」

４年前という時期に思い当たることがあったため、動きを止めて考え込む。

……聖獣を従えることができていた前国王が亡くなったのが、４年前だったわ。

つまり、王家が聖獣の真名を失った時期と、作物が変色し始めた時期は一致しているのだ。

こんな偶然は滅多にないだろうから、この二つは無関係ではないんじゃないかしら。

だとしたら、ゲームの中に何かヒントがなかったかしら？

私は片手で口元を覆うと、一生懸命、前世のゲームについて思い出そうと努めたのだった。

◇　◇　◇

「ルチアーナ嬢、これから長老を訪ねてみないか？」

無言で考え込んでいたところ、エルネスト王太子から声を掛けられた。

考え事に没頭していたため、はっとして顔を上げると王太子と目が合う。

「長老様ですか？」

先ほど、村の主要なメンバーは全て訪問したはずだけれど、その中に長老はいなかったわよね、と考えながら問い返す。

すると、エルネスト王太子は諦めの表情を浮かべた。

「ああ、そうだ。まさか侯爵令嬢が自ら畑に入って、作物を調べるとは思いもしなかったからね。君の好奇心はとどまるところを知らないようだから、このまま自由にさせると色々なところに入り込んで、どこまでも興味のままに調査をしそうだ。そして、その全てにラカーシュが付き合いそうだから、それを避けるためにもある程度、君の好奇心を満足させようと思ってね」

王太子がちらりとラカーシュに視線をやると、彼は無言のまま頷いた。

その様子から、どうやら本当にラカーシュは私の全てに付き合ってくれるつもりのようね、とびっくりする。

多分、ラカーシュは自らが言い出したペア行動の順守というよりも、出発前にサフィアお兄様と交わした、『私の身の安全を完璧に守る』という約束が気になっているのだろう。

彼のことだから、約束をした以上は何が何でも私を守らなければならないと考えているに違いない。

「ラカーシュ様は責任感が強いんですね。そんなラカーシュ様にできるだけご迷惑を掛けないよう注意しますね」

彼の責任感の強さは筋金入りだ。

『私は1人で大丈夫』と言っても、ラカーシュは気になって付いてきてくれるだろうから、私が無茶をしないようにしないといけないわ。

そう決意しながら笑顔で彼を見上げたというのに、ラカーシュは首を横に振った。

「いや、迷惑を掛けられても構わない」

「まあ、優しいんですね！　でも、ご安心ください。私はその優しさに付け込んだりしませんから」

ラカーシュを安心させるためにそう発言すると、彼は困ったように眉を下げ、その隣では王太子が呆れた様子でため息をついた。

「ラカーシュの行動を、一般的な親切心と解釈するのはルチアーナ嬢くらいのものだ。これまでの君は自意識過剰だったが、今度は反対に、寄せられる好意に無頓着すぎる。ここまで反対方向に振り切る必要はないのだから、その真ん中くらいで落ち着いていてほしいものだな」

「はい、何ですって？」

王太子は片手を口元に当てて話をしていたため、声がこもってよく聞き取れずに問い返すと、何でもないとばかりに片手を振られた。

「繰り返すほどの話ではない」

王太子は既にこの会話に興味をなくした様子だったため、それならばと、長老の家に案内してくれることについてお礼を言う。

「王太子殿下、先ほどまでは長老様の家を避けていたようですけど、お気持ちを変えていただいてありがとうございます。ぜひ、長老様を訪問したいです」

すると、王太子はバツが悪そうな表情を浮かべた。

「意図的に長老の家を外した私が悪かったのだから、礼を言われることではない。それよりも、ルチアーナ嬢、君に一つ頼みがある。できれば、ここで見た作物の異常については、黙っていてもらえないか？」

「えっ？」

もちろんぺらぺらと話をするつもりはないけれど、何のために黙っていてほしいのかしら、と王太子の意図を測りかねて彼を見上げる。

すると、彼は真面目な表情で口を開いた。

「この地における作物の変色は、一時的なものだと私は考えている。そして、変色が見られる間は、作物を領地外に出荷しないよう制限をかけている。どこにも迷惑を掛けないよう適切に対応しているつもりだが、いったんこの地の作物に難があると広まると、風評被害で今後はどことも取引をしてもらえなくなる可能性がある。私はそれを避けたいのだ」

王太子の言葉を聞いて、彼が領民を守ろうとしていることに気付き、はっと目を見張る。

そうだったわ。私は嫌われているから時々酷い対応をされるけれど、元々、王太子は公平で立派な人物なのだったわ。

「王太子殿下はこの地の民を守ろうとしているのですね。ご説明いただいたので理解できました。そして、お約束します。この地で見た作物の異常については、誰にも言いません」

まるで宣誓するかのように、片手を上げて約束すると、王太子は目に見えてほっとした表情を浮かべた。

「感謝する」

そう発言した王太子の表情が、今までになく柔らかいものだったため、演技でなくこんな表情もできるのねとびっくりする。

それから、嫌っている私に対して微笑むくらいだから、王太子はよっぽど喜んでいるんだわと心の中で呟いた。

恐らく、王太子は白百合領を大事に思っていて、この地の民の助けになりたいと心から考えているのだ。

そんな王太子にとって、私は性格の悪い貴族の娘でしかないので、決して味方とは思っていないだろう。

そのため、私にマイナス情報を知られることは、弱みを握られることだと警戒していたに違いない。

多分、エルネスト王太子が私を長老のもとに案内しようとしなかったのは、彼がこの地の野菜の変色を、部外者である私に知られたくなかったからだろう。

だからこそ、色々と知っている長老に余計なことを話されては困ると考えて、敢えてスルーしたのだ。

けれど、王太子にとって想定外なことに、私が畑の中まで入り込んで色々と不都合な真実を発見したものだから、もう仕方がないと諦めて、案内することにしたのじゃないだろうか。

結局、王太子はいい人なのよね。

そう結論付けると、王太子から提案された通り、3人で長老の家までのんびり歩いて行くことにした。

初めの頃こそ、ぽつぽつと会話が続いていたけれど、しばらくすると、王太子とラカーシュは何事かを考えているようで無言になった。

一体何を考えているのかしら、と2人にちらちらと視線を走らせたけれど、どちらも考えに没頭している様子で難しい顔をしている。

そのため、手持ち無沙汰になった私は、聖獣について考えを巡らせることにした――ゲームの中の、聖獣の真名の取り扱いについて。

そもそも私がプレイした乙女ゲームは、恋愛イベントがメインだったので、恋愛以外の部分にはあまり力点が置かれていなかった。

そのため、聖獣の名前を取り戻すことはすごく簡単だった。

ゲームの中で、聖獣の真名を口にした主人公に、どうやってその名を知りえたのかと王太子が尋ねていたけれど、主人公はさらりと答えたのだ。

『本に書いてありましたよ』

今思えば、ゲームならではの都合のいい展開だと思う。

そもそもそんな大事な名前を本に書き記すことなどないだろうし、たとえ書き記してあったとしても、王家が厳重にその本を管理しているだろうから、主人公が王太子に先んじて情報を入手できるとは思えないからだ。

けれど……。

私はふと思い出す。

そう言えば、ラカーシュの城で双頭蛇の魔物を倒した際、ヒントになったのは『王国古語』の教科書に載っていた一節だった、と。

ということは、もしかしたらゲームの中にでてきた本というのは、王国古語の教科書のことだろうか？

けれど、多くの者が目にできる教科書に、聖獣の名前が記載してあるのならば、誰だって気付くはずだ。

少なくとも、私よりも遥かに勘がよくて賢い王太子やラカーシュが気付かないはずはないだろう。

「うーん？」

首を傾げて考えていると、隣を歩いていたラカーシュから声を掛けられた。

「どうした、ルチアーナ嬢？　何か気になることでもあったのか？」

そのため、私ははっと気を取り直すと、何でもないと首を横に振る。

「いいえ、何でもありません。長老様に何を聞こうかと考えていたんです」

そう、せっかく王太子が長老様のもとに案内してくれるのだから、尋ねたいことがたくさんあるのだ。

――私が最も欲しいのは、聖獣の真名を取り戻すヒントだ。

そして、聖獣の真名の消失と作物の変色には関係があるように思われるので、その辺りについて長老に尋ねてみたい、と考えている間に目的地に到着した。

◇　◇　◇

長老は長い髪を複雑に編み込んだ、１００歳くらいのおばあちゃんだった。

背がとても小さくて、楽しそうな笑みを浮かべている。

一通りの自己紹介が終わると、私たちは小さなテーブルを囲むように4人で座り、膝を突き合わせたのだけれど、やっぱり長老は楽しそうにふふふと笑っていた。

そのため、私も楽しくなってふふふと笑う。

「長老様、この村はいいところね。ここにくるまでにたくさんのお家を回ったけど、誰もがすごく親切にもてなしてくれたわ」

「そうじゃろう、この村は長いこと聖獣様の恩恵を受けてきたからのう。いつだって恩恵を与えられてきたので、同じようにできることを返すのが、この村の者の考え方になっとるんじゃ」

長老が聖獣に言及したので、これはチャンスだわと考えて質問する。

「聖獣は昔から聖山に棲んでいて、この地を守っているのよね？　ここ4年ほどの間に、聖獣の行動が変わったと思うことはなかったかしら？」

私の質問を聞いた王太子は、びくりと体を硬直させると、探るように私を見つめてきた。

一方、長老は楽しそうにふふふっと声を出して笑い始める。

「なぜそんな質問をするのじゃ？」

「さっき畑を見てきたのだけど、作物が赤く変色していたわ。それは4年前から始まったとの話だったけれど、そのことに聖獣が関係しているんじゃないかと思ったの。もしかしたら聖獣は4年前から……自由に行動するようになったんじゃないかって」

聖獣は4年前から王家との直接契約が切れている。

そのため、聖獣は強い契約に縛られることなく、自由に動いているのではないかしらとの推測に基づいた質問だったのだけれど、長老は驚いたかのようにきょとりと目を丸くした。

「言われてみたら、その通りじゃな。以前はこの地に聖獣様がお戻りになるのは、年に数回程度だったのに、最近ではほぼ毎日聖山に留まっていらっしゃる。聖獣様は生まれ故郷である聖山がお好きだから、ご自分が好きな場所に留まっているのじゃろうな。このことを自由と表現するのならば、そうじゃな」

長老の答えは予想と一致していたので、さらに突っ込んで質問する。

「聖獣は聖山で何をしているのかしら？」

「さあての。山の頂上付近にいつもいらっしゃって、私たちはそこまで近づけないから、何をされているのかはよく分からん。最近では、村の上を飛ぶこともないし、『癒しの欠片』を落とすこともないからの」

「まあ、そうなのね」

だとしたら、今朝、ラカーシュとともに聖山に登った際、聖獣から煌めく光を落とされた私たちはすごく運が良かったのだわ。

ちらりとラカーシュを見ると、彼もその時のことを思い出しているようで、考えるかのように眉を寄せていた。

さらに質問をしようとしたその時、大きな音を立てて玄関扉が開かれる。

続いて、賑やかな声が響いた。

「ひーひーばーちゃーん！」

「ちがうよ！　ひーひーひーひーばーちゃんだよ!!」

ぱたぱたぱたぱたという足音とともに、高い声が聞こえたかと思うと、長老の腰に小さな2対の腕が回される。

はっとして目をやると、何とも可愛らしい4、5歳くらいの子どもが2人、長老に抱き着いていた。

「こりゃ、お客様の前じゃよ！」

そうたしなめる長老の声は笑いを含んでいて、子どもたちを可愛がっていることがよく分かる。

そのため、私は笑顔で子どもたちに話し掛けた。

「こんにちは、ひーひーひーひーおばあちゃんとお話をしているルチアーナよ」

「「こんにちは、ルチアーナ！」」

「まあ、上手に言えたわね！」

嬉しくなった私は、そうだわと思い出して、籠の中から小さな包み紙を取り出す。

「これはさっきもらった甘いパンよ。一緒に食べましょう。さあ、手を洗って、椅子を持ってきてちょうだい」

子どもたちは笑いながら手を洗いに行くと、背の低い椅子を持って戻ってきた。

どうやらこの家には、子ども専用の椅子が置いてあるようだ。

子どもたちのためにスペースを空けようと、隣に座るラカーシュに断って彼の方に席を詰める。

すると、子どもたちは空いたスペースに無理矢理小さな椅子を2脚並べると、その上に立ってテーブルの上を覗き込んだ。

「わあ、このパンはドナおばさんとこのやつだね！」

「ドナおばさんのパンは必ず端っこが焦げるけど、すごくおいしいの！」

そう嬉しそうに教えてくれると、それぞれパンに向かって手を伸ばす。

「えっ？」

けれど、子どもたちの腕を目にした私は、驚いた声を出した。

なぜなら2人の腕に、くっきりとした斑点が浮き出ていたからだ。

そして、その斑点の色は、先ほど畑で見た変色した作物と同じ色だった。

◇　◇　◇

私は手を伸ばすと、子どもたちの腕に触れた。

季節は冬の初めのため、2人ともに長袖を着ていたのだけれど、手を洗う時に袖をまくったようで、肘近くまで腕が見えている。

そして、手の甲から肘までびっしりと赤い斑点が浮き出ていた。

「この赤い模様はどうしたの？」

できるだけさり気ない様子で尋ねると、子どもたちは何でもないことのように答える。

「分かんない。村のお医者さんに診てもらったけど、怪我でもないし、痛みもかゆみもないから、大丈夫でしょうって言われた」

「僕もそう。ちょっと前からできてきて、少しずつ増えているんだ。カッコいいでしょ？」

「……そうね。カッコいいわね」

そう答えながらも、心臓がどくどくと拍動し始める。

……この赤い斑点は、ゲームの中に出てきた気がするわ。

子どもたちの腕に浮き出た斑点を目にしたことで、過去の記憶が刺激され、これまで思い出すことがなかった乙女ゲームのストーリー部分が思い起こされる。

一体どこで見たのだったかしら？

……いえ、見たことはないのかもしれないわ。なぜならこの斑点に見覚えはないもの……と、前世でプレイしたゲームの内容を必死で反芻する。

前世では、仕事の後に眠りながらプレイすることが多かった。

全てのストーリーを詳細には覚えていないし、そもそも主人公とヒーローの会話だけで流れてい

く場面は、印象に残り難くうっすらとしか覚えていないものも多かった。

そのため、なかなか該当するシーンが浮かんでこない。

だけど、この斑点を見るとものすごく嫌な気分になるので、重要なことのように思われる。

きっと、エルネスト王太子ルートに出てきたのだと思うけれど、どこだったかしら……。

必死になってぐるぐると頭を回転させていると、突然、頭の中に一つの場面が浮かび上がった。

あっ、そうだわ！　王太子がゲームのヒロインに対して、弱音を吐いたシーンだわ。


エルネスト『私のせいだ……私が聖獣と契約できないばかりに、領地の民まで犠牲になっている！』

私『エルネスト様のせいでは……』

エルネスト『いや、私のせいだ！　王家と聖獣の契約が切れたため、この地は弱っている。その影響を受け、領民たちの全身に紅斑が出始めたのだ。彼らの辿る末路は皆同じだ。体の節々が痛み出し、最後は体を動かせなくなって、寝たきりになるのだ』

ゲームにおいて、このシーンは2人が会話をする形で進行していた。

そのため、王太子の領地の状況は、短い会話で語られただけで、映像として描写されることはなかった。

つまり、実際に現れた紅斑がどのようなものなのかは、ゲームの中で1度も示されなかったけれど、子どもたちの腕に現れている赤い斑点がそれじゃないだろうか。

そう思い当たった瞬間、胸の中に後悔する気持ちが湧き上がってきて、私はぐっと唇を噛みしめた。

――――ゲームがスタートするのは、今から約4か月半後だ。

そして、それからさらに数か月の後、白百合領で風土病が流行り始めたという話が出てくる。

ゲームの中では様々なイベントが起こっていたけれど、それらは全てゲームの進行に合わせて発生していた。

そのため、風土病の原因はゲームが開始する時期に発生するのだろうと漠然と考えていて、ゲーム開始前の時期に何かができるとは考えてもいなかったけれど……。

「私が間違っていたわ」

ここは、ある日突然始まるゲームの世界とは違うのだ。

毎日はつながっていて、「この日から」と突然、病気の原因が発生するはずはないのだから。

「ルチアーナ嬢？」

子どもたちの腕を握りしめたまま、真っ青になった私を訝しく思ったのか、ラカーシュが手を伸ばしてきて私の手に触れた。

それから、驚いた様子で声を上げる。

「君の手は氷のように冷たいじゃないか！　先ほど、畑に入ったことで体を冷やしたのではないか？　今すぐ城に戻った方がいい」

寒さからではなく、恐ろしさで体がカタカタと震え始めたけれど、そのことも誤解されて心配される。

自分が動揺していることは分かっていて、このままこの場に残ったとしても有益な会話ができるとは思えなかったため、私はラカーシュに促されるまま長老の家をお暇することにした。

心配する長老と子どもたちに、「今日は朝早くから聖山に登ったうえ、村の中をたくさん歩いたから」と説明すると、3人から「それは体も疲れなさるじゃろ」「そうね」「そうだよ」と呆れた表情を浮かべられる。

3人が安心した様子を見せたことにほっとした私は、これ以上彼らを心配させないようにと、無理矢理微笑みを浮かべた。

「今日はどうもありがとう。一緒にお話ができて楽しかったわ」

そう言って3人と別れると、王太子が呼んでくれた馬車に乗り込み、背もたれに背中をあずける。

それから、両腕で体を抱きしめながら、『ルチアーナ、落ち着くのよ』と自分に言い聞かせたけれど、カタカタと震える体は止まらない。

ぎゅっと目を瞑っていると、ふわりと温かいものが体に掛けられた。

何かしらと不思議に思って目を開くと、隣に座っていたラカーシュが心配そうに私を覗き込んでいた。

目の前にいるラカーシュはシャツ姿になっていたので、羽織っていた上着を私に掛けてくれたようだ。

「あ、あ、ありがとうございます、ラカーシュ様」

カタカタと歯が鳴り、言葉が上手く発せられない。

そんな私を見て、ラカーシュは眉根を寄せると、両手で私の手を包み込んできた。

「私は体温が高い方ではないが、そんな私よりも明らかに君の方が冷たくなっている。温かいというだけで人は落ち着くものだから、しばらくは君の手を握っていても構わないかな？」

「は、はい」

そう答えると、ラカーシュは発言した通り、辛抱強く私の手を包み込んでいてくれた。

体に掛けられたラカーシュの上着の暖かさと、彼の手の温かさ、それから、馬車の車輪が回るカラカラという規則的な音を聞いていることで、少しずつ落ち着いてくる。

震えが止まったため、ふうとため息をつくと、私の前に座っていた王太子が声を掛けてきた。

「少しは体調がよくなったようだな。リリウム城に戻ったら、温かい飲み物を用意させよう」

「……ありがとうございます」

視線を上げることなくお礼を言うと、エルネスト王太子は少し躊躇った後、言葉を続けた。

「体調が悪い君にする質問ではないことは承知しているが……ルチアーナ嬢、君はあの子どもたちの腕に現れていた紅斑が何かを知っているのか？」

「っ！」

その言葉を聞いた瞬間、私は驚きでさっと顔を上げる。

それから、戦慄で大きく体を震わせた——なぜならエルネスト王太子が、子どもたちの腕に現れた斑点に『紅斑』という単語を使ったからだ。

それは、ゲームの中の王太子が発した言葉と全く同じ表現だったため、私は言い知れぬ恐怖を覚えたのだった。

33 手札公開（ただし乙女ゲームについては除く）

リリウム城に戻ると、ひときわ豪華な部屋に案内された。

どうやらそこは、特別応接室と呼ばれる文字通り特別なお客様のための部屋らしい。

当然のことながら、今回の場合は私が特別なお客様というわけではなく、ましてや私の体調が優れないから気を遣ってというわけでもなく——他の生徒たちから隔離された場所で、ゆっくりと話をすることが目的のようだった。

私は王太子とラカーシュに向かい合う形でソファに座ると、さりげなく2人の表情をうかがう。

それから、視察に出る前に、『エルネスト王太子とラカーシュの方が私よりも賢いし、聖獣の真名を取り戻したいとの目的は一致しているはずだから、協力できればいいな』と考えたことを思い出した。

正直に言って、ラカーシュはまだしも、王太子との関係はいいとは言えない。

そのため、この場で協力を申し出たとしても、話を受けてもらえる可能性は低いだろう。

けれど、このままでは手詰まり状態なので、現状を打破するために、2人に協力を仰いでみたいという気持ちがふつふつと湧き上がってくる。

少なくとも子どもたちの腕に紅斑が浮き出ていた今、できることは全てやってみるべきだろう。

心の中でそう決意すると、まずは体を温めることと、喉を潤すことから始めようと考え、目の前のティーカップを摑んで、ごくごくと一気に飲み干した。

王太子は約束通り、香りのよい温かい紅茶を出してくれたので、そのことをありがたく思いながら、空になったカップをソーサーに戻す。

すると、ラカーシュが戸惑った様子で自分のカップを差し出してきた。

「ルチアーナ嬢、私の分も飲むかい？」

まだ喉の潤いが足りないように思われたため、私は無言で頷くと、彼からカップを受け取り、同じように空にする。

すると、今度は王太子までもが同じ提案をしてきたので、私は彼のカップを受け取ると、やっぱり同じように空にした。

3杯の紅茶を飲んだことでやっと落ち着いた私は、正面に座る王太子とラカーシュに視線をやる。

それから、ごくりと唾を飲み込むと、思っていることを一息に口にした。

「王太子殿下、ラカーシュ様、私は今、1人では解決できない問題を抱えて困っています。そのため、これからする私の話を聞いて、協力してもいいと思ったら力を貸してくれませんか。ただ、私の話には少しだけ言い難いことが含まれているので……そして、嘘をつきたくはないので、話の一部については黙秘させてください」

私が口にした「言い難いこと」というのは、「この世界の基になったゲームをプレイしたことがあるため、これから起こることを知っている」という話だ。

そんな説明をしたら、間違いなく私の正気を疑われ、一緒に協力しようとは思ってもらえないだろう。

そのため、これだけは黙っておかないといけないわ、と考えながら王太子を見つめる。

すると、王太子は警戒するような表情を浮かべ、話の続きを促した。

私は頷くと、勢いよく口を開く。

「まずは私が困っていることと、知っていることをお話しします。私の話にはラカーシュ様が知らないことも含まれていますし、殿下が隠したがっていることもあるかと思うのですが、私は本当に困っていて、急いでいて、全ての情報を出し合わなければ解決は難しいと思うので、取捨選択することなく話をします。途中で、もしどうしても『それを言ってはダメだ！』というものがあれば、大声を出して遮ってください。そうしたら、黙りますので」

一気にそう発言し、私は王太子の秘密を暴露することを予告した。

これまでは王太子の気持ちを尊重し、聖獣との契約が切れていることについては口を噤んでいたけれど、考えを改めたのだ。

兄の腕だけでなく、多くの村人たちの健康が掛かっているのだから、解決するために全ての情報を出し合わなければならない、と。

なぜなら聖獣との契約が切れた話をオープンにし、再度契約するために何ができるのかを皆で話し合わなければ、現状を改善するのは難しいように思われたからだ。

けれど、このまま待っていても、王太子が自ら秘密を告白してくることはないだろう。

そのため、たとえ王太子から恨まれようとも、私が秘密を明らかにしなければ、と決意したのだけれど……一つだけ問題があった。

それは、王太子やラカーシュから、『その情報はどうやって手に入れたのだ』と質問される可能性が高いことだ。

2人を納得させられる言い訳は思い付いていないけれど、完璧な言い訳を思い付くまで待っていられない。

そう考えながら王太子を見つめていると、彼は皮肉気に唇を歪めた。

「なるほど。私に不都合な話題が上った場合、大声を出して淑女の話を遮らなければならないのだな？」

そんな無作法を強いるのか、とわざとらしく尋ねてきた王太子に、私は白けた視線を送る。

「完璧な紳士である殿下には、難しいことに思えるかもしれませんが、どうせ私のことは淑女だと思っていないでしょうから、ノーカウントですよ」

「……これは一本取られたな。ルチアーナ嬢はなかなかに手厳しい」

そう言うと、王太子は楽しそうに唇の端を吊り上げた。

そんな王太子の姿を見て、こんなリアクションをするのね、と意外に思う。

なぜならゲームの中のエルネスト王太子は、きらっきらの完璧王子様だったからだ。

いつだって穏やかに微笑んでいて、腹黒いところも、嫌味を言うこともない、整った笑顔を崩さない完璧な紳士だったのだ。

一方、この世界の王太子は婉曲な表現に覆い隠して嫌味を言うし、楽しいことがあると悪戯そうな笑みを浮かべる。

ゲームの中の王太子とはイメージが異なるけれど、こちらの王太子の方が人間味があるし、悪役令嬢の私にも協力してくれそうだ。

いずれにしても頼んでみるしかないわよね！　と考えた私は、「それでは始めます」と前置きしてから口を開いた。

「まず私が困っていることですが、サフィアお兄様が左腕を失ったことです。医師と回復魔術師に診てもらいましたが、どちらも兄の腕を元通りにすることはできませんでした。そのため、もうこうなったら王国の守護聖獣である不死鳥に頼るしかないと考えたのですが」

私はそこで一旦言葉を切ると、腕を組んで話を聞いている王太子に顔を向ける。

それから、ぐっとお腹に力を入れると、王家最大の秘密を口にした。

「残念なことに、王家と守護聖獣の契約は４年前に切れているため、現時点では誰も不死鳥を使役することができません！　そのため……」

「ルチアーナ嬢!!」

核心的な言葉を口にした途端、王太子からものすごい大声で遮られた。

そのため、これが合図であることを理解した私は、神妙な顔で頷く。

「はい、殿下、大声で遮るやつですね。黙ります」

けれど、私が沈黙したことは何の救いにもならなかったようで、王太子は絶望的な表情を浮かべると、両手で顔を覆った。

「…………手遅れだ」

「…………」

王太子の態度を見て、もっと婉曲に発言すべきだったと反省したけれど、全ては後の祭りだ。

せめてもと、フォローの言葉を差し挟みたかったけれど、黙るという約束だったので、無言のまま王太子を見つめる。

しばらくそのままでいたけれど、王太子は全く顔を上げる気配がなかったので、困ってラカーシュに視線を移した。

すると、ラカーシュは驚愕した様子で目を見開いていた。

「王家と守護聖獣の契約が切れているだと？　そんな話は私ですら聞いたことがないが、事実なのか？　だとしたら、なぜそのことを君が知っている？」

「うっ」

予想はしていたものの、思ったより早く『絶対に答えられない質問』が来てしまった。

嘘はつかないとの約束をしていたから、私が答えられることと言えば……。

「それは、初めにお話しした『少しだけ言い難いこと』に当たるので、はっきりとは答えられないのですが……ある日、突然、そのことを知ったというか……」

ある日、突然、前世でプレイした乙女ゲームの内容を思い出したというか……。

「要するに、ルチアーナ嬢は我が公爵家に伝わる『先見』に類似した能力を持っているということか？　あるいは……」

ラカーシュは難しい顔で推測した内容を語り出したけれど、すぐに言い止《さ》した。

多分、「あるいは」の後には「魔法使いの能力か」と続けようとしたのだろうけれど、私が魔法使いかもしれないという話は極秘事項であることを思い出して、言葉を呑み込んだのだろう。

その結果、2人ともに口を噤んだ形となり、部屋にはしんとした沈黙が落ちる。

エルネスト王太子は絶望的な雰囲気を漂わせながら両手で顔を覆っているし、ラカーシュは眉間に皺を寄せて何事かを考え込んでいる。

そんな異様な雰囲気の中、私は約束した通り口を噤んでいるしかなくて、自分の手際の悪さにしょんぼりした。

これがサフィアお兄様だったら、きっともっとスマートに解決しただろう。

兄の頭の中には驚くほど多くの情報が詰まっていて、複合的な問題をまとめて考えることができる頭脳を持っているから、先の先まで想定して、王太子とラカーシュに必要最小限の情報だけを開示して済ませたはずだから。

けれど、私は情報だけは持っているものの、明晰な頭脳も、先の先を想定する能力も持ち合わせていないため、知っていること全てを公開して、その中から2人に有益な情報を選び取ってもらうしかないのだ。

だから、この状況は仕方がないわと諦めると、私は無言のまま2人を見つめ続けたのだった。

◇　◇　◇

辛抱強く待っていると、エルネスト王太子は両手に埋めていた顔を上げ、暗い表情で私を見つめてきた。

「ルチアーナ嬢、君がとっておきの手札を公開したことは理解した」

「あ、はい」

王太子が言った「とっておきの手札」とは、「王家と守護聖獣の契約が切れているという情報」のことだろう。

さすが王太子、洒落た言い回しをするわね、と思ったけれど、既に人払いはしているものの、どこで誰に会話を聞かれるか分からないので、「王家と守護聖獣の契約は切れている」と口に出さなくて済むように、彼が言い換えたことに気付く。

なるほど、世継の君は用意周到だわと感心していると、彼は言葉を続けた。

「君が得たのは王家を転覆させることができるほどの情報だ。そのため、このことについては、私と国王しか知らないはずだったのだが……恐れ入ったな。これほどの情報を入手するとは、とんでもない技術だ。しかも、4年前という時期まで言い当てるとは、見事だとしか言いようがない。君がその入手方法を隠そうとすることは至極もっともなことだ」

ほの暗い表情でそう言い終えると、王太子は表情を引き締めた。

「いくつか質問してもいいかな？」

相互理解は協力関係にとって大事だわ、と考えた私は大きく頷く。

「もちろんです！」

すると、王太子はずばりと核心的なことを尋ねてきた。

「このことを知っている者は、君以外にいるのか？」

「いません」

王太子が必死になって隠したがっていたことは知っていたため、広めるべきではないと考えて黙っていたのだ。

私の答えを聞いた王太子は安心するかと思ったのに、なぜだかより厳しい表情を浮かべた。

さらに、王太子の隣に座るラカーシュまでもが、ぐっと奥歯を噛みしめる。え、どうして？

2人のリアクションが私の想像と異なるものだったため、疑問に思って首を傾げる。

あ、あれ、私は答えを間違えたのかしら？

でも、嘘を言うわけにはいかないし、異なる答えは返せないわよね、とぱちぱちと瞬きを繰り返していると、王太子はさらに質問をしてきた。

「君はこれほどの情報を持ちながら、なぜこれまで1人で秘していたのだ？　黙って抱えているだけでは、秘密は価値を生み出さない。私を脅すなりして、その秘密を有効活用すべきだったのに」

王太子を脅す、と思ってもみないことを言われたため、驚いて言い返す。

「えっ、王太子殿下を脅したりしたら、仕返しが怖いじゃないですか！　そんなことしませんよ」

王太子は顔をしかめると、額に手を当てた。

「仕返しとは……私はいじめっ子か？」

先ほどからの会話を基に推測するに、どうやら王太子の思考は私の考えとは異なる方向に働いているようだ。

そのため、これでは会話が成り立たないと思った私は、理解してもらおうと口を開く。

「エルネスト殿下が聖獣との関係を隠したがっていることは、以前から知っていました。そして、私はその気持ちを尊重したいと思い、知らない振りをして過ごしてきました。ですが、兄が腕を失ったため、聖獣の力を借りたいと考えるようになったんです」

そこで一旦言葉を切ると、私は握りこぶしを作って王太子を見つめた。

「そのため、勝手ではありますが、殿下にはどうしても聖獣と契約を結び直してもらいたいのです。加えて、その方法を見つけるため、殿下とラカーシュ様の知恵をお借りしたく、皆で現状を共有したいと考えました」

王太子は黙って私の言葉を聞いていたけれど、すぐに私の真意を確認するかのように尋ねてきた。

「君の望みはサフィア殿の腕を取り戻すことだけなのか？　君の持つ秘密を盾にすれば、私はどんな要望に対しても首を縦に振るだろう。たとえば君が……王太子妃になりたいと言い出したとしても」

王太子の口から発せられた内容がとんでもないものだったため、私はぎょっとして体を硬直させる。

そう言えば、以前、ラカーシュも同じようなことを言っていたのだった。

『エルネストが聖獣を使役できないというのは、王家にとって致命的な話だ。もしも君がそのことを知っているとエルネストに仄めかせば、彼は君のどんな願いも叶えるだろう』

まさか王太子がここまで身を切ってくるとは思わなかったけれど、そもそも私は王太子妃の地位を望んでいないのだ。

「そんなことは絶対に望みませんよ！　エルネスト殿下から嫌われているのは分かっているのですから、そんな相手と結婚したいなんて思うわけがありません!!」

私はストレートに言い過ぎたようで、これまで冷静に言葉を重ねていた王太子が動揺した様子を見せた。

「嫌われているって……ああ、そうか。君は言葉の裏側を読み取れるのだったな。い、いや、だが、私は君を嫌ってはいない。それに、たとえそうだとしても、未来の王妃になることに比べたら些末事ではないか」

王太子の口から出たのは、さらにとんでもないことだったため、私は再び激しく否定する。

「いいえ、大事なことですよ！　嫌われている相手と結婚しても、楽しくない毎日が待っているだけじゃないですか！　そのうえ、王太子妃として毎日公務を頑張らなければいけないんですから、ちっともいい待遇とは思えません。もちろん、好き合った相手と結婚したのであれば、私だって頑張りますけど」

「…………」

王太子が信じられないとばかりに目を剝いたので、あっ、この考え方は貴族らしくないのだったわ、と勢いに任せて話をしたことを後悔する。

私は穏やかな口調に切り替えると、話を締めくくった。

「ええと、つまり、私にとっては好き合った相手と結婚することが1番の希望ですから、嫌われている王太子殿下との結婚はあり得ません。どうぞご安心ください」

話を聞き終わった王太子は、毒気を抜かれた様子でぼそぼそと小さな声を出した。

「…………そうなのか。だとしたら、王家に対して他に要望は……」

きっぱりと否定したにもかかわらず、王太子がしつこく尋ねてくるので、私は三度《みたび》否定する。

「何もないです！」

きっぱりはっきりそう言い切った私を、王太子は奇異の目で見てきた。

◇　◇　◇

必要なことを確認し終わったエルネスト王太子は、頭の中で考えを整理している様子だった。

無言のまま組んだ両手に顎を乗せ、空を見つめる。

彼の結論が出るまで待つことにした私は、膝に両手を置いておとなしくしていたけれど、しばらくするとちらりと様子をうかがった。

すると、考え事に没頭していた王太子が、足を組もうとした際にテーブルに足をぶつけ、衝撃でテーブルの上の籠が音を立てて倒れる様子が目に入る。

その籠は、先ほど訪問したルナル村の住人から贈られたものだったため、村人たちからもらった贈り物がぴょこぴょこと籠の中から飛び出てきた。

それらの品々に交じって、変色した作物も籠から零れ落ちる。

白いテーブルに映える毒々しい赤色は、子どもたちの手に浮き出ていた赤い斑点を私に思い起こさせた。

そのため、焦りを感じて口を開く。

王太子は混乱しているようなので、一つ一つ順を追って説明しようと思ったけれど、急がなければならない話なのは確かだから、いったん全ての情報を3人で共有した方がいいに違いない、と考えながら。

「王太子殿下、考えを整理されているところ申し訳ありません。もう1点、共有すべき情報があるので、お話ししてもいいですか？」

王太子が顔を上げて頷いたので、私は王太子とラカーシュを交互に見つめながら言葉を続けた。

「先ほど、ルナル村で見た紅い斑点についてです。エルネスト殿下は『子どもたちの腕に現れていた紅斑が何かを知っているのか？』と私に尋ねられましたが、……多分、知っていると思います。あれは風土病の印です」

私の言葉を聞いた2人は、驚いたように目を見張った。

「何だって？」

「風土病の印!?」

そんな2人に向かって、私ははっきりと頷く。

「ええ、恐らく、この地域特有の病気だと思われます。(ゲームの中で新しい病気という説明はなかったので)ずっと昔に、この地で流行ったことがあるのではないかと思われますが、詳しいことは分かりません。ただ、お2人ともに初耳のご様子ですから、最近の症例はなく、そのため、医師の方も見逃されたのではないでしょうか」

「…………」

「…………」

2人は何か言おうと口を開いたけれど、声を出すことなく再び閉じてしまった。

そのため、説明を続ける。

「あの紅斑は数年かけて全身に広がります。そして、紅斑が浮き出る量に比例して、罹患者は少しずつ、少しずつ病魔に侵されていきます。初めは体の節々が痛むだけですが、最後には体を動かせなくなって、寝たきりの状態になるのです」

「……そんな」

王太子は目を見開くと、かすれた声を出した。

衝撃を受ける王太子を前に、これ以上彼に負担を与えたくないとは思ったものの、大事なことなので言わないわけにはいけないと話を続ける。

「恐らくですが、近い将来、ルナル村の多くの者が風土病を発症します。そして、その原因は既に存在しているのだと思います。病が進行している印である紅斑が大人の方に見受けられなかったのは、体が小さい子どもから影響が出ているからではないでしょうか」

衝撃で声も出せない様子の王太子に代わって、ラカーシュが確認してくる。

「村人の多くが罹患するとなれば、相当の数の者が対象になる。ルナル村には2千人近い者が住んでいるから、1割が罹るとしても200人だ」

私が無言のまま頷くと、ラカーシュは冷静な声で質問してきた。

「それで、ルチアーナ嬢、将来的にこの村の者の多くが風土病を発症するとして、原因は何だと推測する？」

それはとても大事な質問だったため、私はゲームの中の王太子の言葉をもう1度思い出そうと記憶を辿る。

――――エルネスト王太子ルートで、彼は言っていた。

『私のせいだ！　王家と聖獣の契約が切れたため、この地は弱っている。その影響を受け、領民たちの全身に紅斑が出始めたのだ。彼らの辿る末路は皆同じだ。体の節々が痛み出し、最後は体を動かせなくなって、寝たきりになるのだ』

そう、彼ははっきりと言っていたのだ――――「王家と聖獣の契約が切れたため、この地は弱っている」と。

私は両手を組み合わせると、無言のまま私を凝視している王太子に顔を向けた。

それから、できるだけ王太子を傷付けないようにと、優しい口調であることを意識しながら言葉を紡ぐ。

「恐らく、……王家と聖獣の契約が切れたことが原因です」

私の言葉を聞いた王太子は、びくりと体を硬直させた。

【SIDE】エルネスト王太子「リリウムの資格」

王国に祝福をもたらす守護聖獣の使い手、リリウム家。

そのリリウム家に生まれたことが、私――エルネスト・リリウム・ハイランダーの誇りだった。


これはまだ私が幼い頃の話だ。

当時は祖父が国王を務めており、聖なる存在である不死鳥を従えている王の姿をあちらこちらで目にすることができた。

目にも鮮やかな金色と赤色が交じった不死鳥を使役する祖父の姿は、伝説がそのまま具現化されたように見え、その情景を目にする度に、感動で胸が打ち震えたことを覚えている。

あれは、私が5歳くらいの時だろうか。

王宮内にある「聖獣の間」の扉を開くと、そこには祖父と聖獣がいた。

祖父と聖獣は心を通わせたもの同士特有の雰囲気を醸し出しながら、ゆったりとした様子でくつろいでいた。

忠誠心の高さを示すかのように、祖父が伸ばした手の平にくちばしを寄せる聖獣の姿を見て、私も長じた際には、祖父のように聖獣を従え、この国をよりよくしていきたいと強く思った。

そんな私の気持ちは表情に表れていたのだろう。

祖父は優しい目をして扉口の私に顔を向けると、近くまで来るようにと手招きしてくれた。

急いで駆け寄った私は、初めて聖獣を間近で目にすることができた。

それは手を伸ばせば触れられるくらいの距離で、近くで見る聖獣の姿は、遠くから見る姿の何倍も美しくて神々しかった。

体自体が光を発しているかのように金と赤の羽は輝いており、私を見つめる瞳は優しく慈愛に満ちている。

思わず手を伸ばしかけたが、祖父から優しくもしっかりとその手を掴まれて止められた。

「エルネスト、聖獣が触れることを許すのは、聖獣が認めた者だけだ」

祖父が言っているのは、聖獣の契約相手のことだと理解した私は、素直に体の横に手を下ろす。

「はい、国王陛下。私もできるだけ早く聖獣に信頼され、契約を結んでもらえるように、立派なリリウムになります」

「そうか」

私の言葉を聞いた祖父は、嬉しそうに目を細めた。

聖獣も優しい目をして、期待しているぞとでもいうかのように高く首を掲げた。

そんな祖父と聖獣を見て、心がぽかぽかと温かくなったのを覚えている。

――その日、私が行った決意は心からのものだったため、それからの私は自らを高めるべく、帝王学を修めることに専心した。

毎日、毎日、隣国の言語を覚え、大陸の歴史を学び、魔術の鍛錬を行う。

ただ純粋にあの美しい獣を従え、多くの者のために多くのことを成せる立場にあることが嬉しかった。そのために努力することは苦でなかった。

リリウムであることが、私にとって最上の誇りだったのだ。

にもかかわらず――私は聖獣に選ばれなかった。現国王である父も。

父と私のいずれも、「継承の儀」で聖獣の真名を聞き取ることができなかったのだから。

◇　◇　◇

――約100年前、リリウム家の当主は聖獣から真名を明かされて契約を結んだ。

その功績が認められ、跡継ぎがいなかった当時の国王の跡を継いで、リリウム家の当主が新たな王となった。

リリウム家が王家として起つことができたのは、ひとえに聖獣の守護を得たことによるものであり、我が王家にとって聖獣は最も大事にされるべき存在となった。

そのため、代々、次代の王となる者が聖獣の真名を引き継ぐよう定められ、その者が聖獣と新たに契約を結び直すことで、契約を更新してきた。

聖獣の真名を引き継ぐ儀式は、王家の継嗣にだけ許されたものであり、非常に神聖なものであったのだ。


――あれは、私が12歳の時のことだ。

聖獣の真名を引き継ぐ儀式の重要性を誰よりも理解している祖父と父は、長い時間をかけてその準備をしてきた。

さらに、儀式が行われる数日前から、2人は体を清め始めた。

聖山に植わっている木で作った湯槽に、白百合領から汲んできた水を張り、日に何度もそれに浸かる。

それから、食物は一切口にせず、白百合領の水だけを体に入れて過ごしたのだ。

また、儀式当日は、「聖獣の間」に特殊な加工を施された魔石を円状に敷き詰め、聖山を模した空間が作られた。

初めて目にする幻想的な空間に目を奪われていると、聖職者が敷き詰められた魔石に活火山である聖山の火を灯す。

すると、大人の背丈ほどの赤い炎が吹き上がり、部屋の真ん中に立っている国王である祖父と継承者である父を、それ以外の者から分断した。

炎が燃え上がったことが合図だったようで、部屋の隅に控えていた騎士と魔術師、聖職者たちが一斉に退出していく。

そのため、炎の外側に残ったのは私だけとなったのだが、金色の衣装を着た祖父と父を炎越しに目にしたことで、その色合いが聖獣と同じに見え、何と美しい光景だろうと感動したことを覚えている。

しばらくすると、空から――「聖獣の間」は天井がない造りとなっているため――聖獣が優雅に舞い降りてきて、祖父の前に着地した。

祖父は王らしく、凛とした様子で片手を伸ばすと聖獣の額に触れる。

それから、もう片方の手を反対方向に伸ばすと、それを見た父が床に跪いたため、父の額に祖父は触れた。

その光景は、真ん中に立った現王が、聖獣と次代の王を繋いでいるように見え、非常に象徴的なものに思われた。

感動しながら見つめていると、祖父は何事かを小声で呟く。

それは、聖獣の真名であるはずで、父がその名前を繰り返すことで儀式は終了するのだが――どういうわけか、父の口からその名前が発せられることはなかった。

私が見守る中、父は驚愕した様子で大きく目を見開くと、何一つ言葉を発することなく、がくがくと震え出したからだ。

そのため、何か重大なことが起こったことを悟る。

何かできることはないかと、うろうろと辺りを歩き回ってみたが、背丈ほどに高い炎で分断されているため、2人に近寄ることすらできなかった。

その間に、円を描くように灯されていた聖山の炎が一斉に消え、聖獣は再び空へ飛び立っていく。

はっとして、部屋の中央に残された2人を見やる私の目の前で――前代未聞なことに、「継承の儀」は完了することなく、途中で中断されたのだった。


数日後、憔悴した様子の父から、何が起こったのかを直接伝えられた。

「エルネスト、私は儀式の際……王が発した聖獣の真名を聞き取れなかった」

疲弊しきった表情で私をまっすぐ見つめてくる父に、私はあえて普段通りの声で問い返した。

「国王陛下のお声は小さかったので、聞き取れなかったということでしょうか？」

そうでないことは分かっていたが、私はそう問い返さずにはいられなかった。

なぜなら父が聖獣を従え、国民を救う立場に就くことを、誰よりも望んでいることを知っていたからだ。

しかし、予想通り父は首を横に振った。

「いや、そうではない。王の言葉の大部分は聞き取れたのだが、『真名』の部分だけが雑音に変わって、私の耳に届かなかったのだ」

「…………」

咄嗟に返す言葉を思い付かず、無言のまま見つめていると、父は疲れ果てた声を出した。

「私には……聖獣を従える資格がないのかもしれない」

「父上！　父上ほど王に相応しい者は、他におりません!!」

大声で否定の声を上げると、父はふっと皮肉気に唇を歪めた。

「……そうだな、資格がないにしても『今は』ということかもしれない。安心しろ、王はもう一度チャンスを与えてくださった。1年後に同じ儀式を実施すると約束されたのだ。1年かけて、聖獣を使役するに足る力量を身に付ければいいだけだ」

「その通りです！」

力強く答えたものの、父がずっと立派な王たらんと努力し続けていることを知っていた。できる努力は全て行っている父を、間近で見てきた。

それにもかかわらず、力量が不足していると言われたら……これ以上、父に何ができるのだろう。

そう疑問が湧いたけれど、それは口にしてはいけないものだったため、私は父に向かってただ頷くことしかできなかった。

――――そして、1年後の儀式で、父は再び聖獣の真名を聞き取ることができなかった。

苦悩する父を横目に、祖父は言った。

「エルネスト、1年経ったら、お前が儀式を受けるのだ」

「……はい、陛下」

国王陛下からの要請だ。臣下の1人として、受け入れるしか道はなかった。

だが、……1年後の私は14歳でしかない。

父が私の倍以上の時間を掛けて己を磨いても、聖獣から受け入れてもらえなかったのだ。

果たして私が……と、つい弱音を吐こうとする弱い心を押さえつける。

いずれ私は王になるのだ。

そのために受ける儀式が、少々早まっただけだ。

そう自分に言い聞かせると、私は1年かけてさらなる研鑽を積み、心身ともにこれ以上はないという状態まで持っていったのだが……。

迎えた「継承の儀」で、私も父と同様に聖獣の真名を聞き取ることができなかった。

「エルネスト・リリウム・ハイランダー。この名とともに、お前に聖獣・不死鳥を継承する。『XXX』」

祖父の言葉のうち、真名の部分だけが意味のない音の羅列に聞こえたのだ。

「…………」

苦悩の表情で祖父を見上げる私を見て、祖父は感情を隠すように目を瞑った。

そして――円を描くように灯されていた聖山の炎が一斉に消え、「継承の儀」は完了することなく、三度中断されたのだ。

その日から数か月後、祖父は誰にも聖獣の真名を継承することができぬまま亡くなった。

そのため、もはや誰も真名を基にした聖獣との直接契約を結ぶことはできなくなった。

幸いなことに、長年王家と聖獣が交わしてきた契約の名残がうっすらと残っているようで、聖獣は王宮に度々顔を見せていたが――多くの時間は聖山で過ごし、命じたことに従うことはなくなった。

それらの事象を目の当たりにした私は、リリウムを名乗ることが苦痛になった。

リリウム家が王家となり得たのは、聖獣の真名を知り、それを隷属の証として聖獣を従えることができていたからだ。

そのため、聖獣は国を守りたいという契約相手の心情に呼応して、国中を飛び回り「癒しの欠片」を国民の上に降らせていたのだ。

だからこそ、多くの国民がこの国は聖獣に守られているのだと希望を持つことができていたのに
……もはや私にも、王家にも、聖獣を使役することはできないのだ。

そうであるにもかかわらず、私はそのことを誰にも告白することができなかった。

「聖獣が守ってくれている」と信じることが国民の力になっているため、国が乱れることを避ける

ために口を噤むしかなかったのだ。

――時々、自分が何のために努力をしているのか分からなくなる。

祖父は亡くなったので、もはや私には「継承の儀」を受けるチャンスは巡ってこないのだから。

今後、私がどれほど努力をしたとしても、自分を高めたとしても、そのことを聖獣に示す機会はないというのに……。

◇　◇　◇

そう考え、領地を視察している際に項垂《うなだ》れていると、小さな声が掛けられた。

「あ、あの、王太子様っ！」

顔を上げると、幼い少女が草花の束を差し出してきた。

「こ、これ、私が1番好きなお花です！　ピンクでかわいいんです！　王太子様はいつも私たちのためにいろいろしてくださるし、聖獣様がこの国にいてくれるのも王太子様のおかげだから、これをどうぞ」

その言葉を聞いて、頭を殴られたような衝撃を受ける。

……そうだ。私を信じてくれる者がいる限り、私を信じることで安心できる者がいる限り、私は顔を上げて胸を張り続けなければいけないのだ――たとえ国民に正直であることができず、聖獣を使役することができないとしても。
そのことで私の心がどれほど痛んだとしても、途中で降りることは決して許されない。
私はリリウムである資格を、自ら放棄するわけにはいかないのだから。
「……綺麗な花をありがとう」
私はそう答えると、少女が摘んでくれた花束を受け取った。
それから、正しい王太子であり続けるために背筋を伸ばしたのだった。

34 リリウムの名を継ぐ者

「…………………」

苦悶の表情で黙り込むエルネスト王太子を見て、思ったよりショックを受けているようだわ、とストレートな言葉で伝え過ぎたことを後悔した。

『急いで正確に伝えることは大事だけれど、それだけでなく、表現方法を工夫すべきだった』と、心の中で反省する。

実のところ、王太子にとっての私は嫌っていた傲慢令嬢だから、これほど素直に信じてくれるとは思わなかったのだ。

そのため、説明内容に一切手心を加えなかったのだけれど、予想に反して、王太子は私の言葉をそのまま信じたようだ。

もちろん私の言葉に嘘はないのだけれど、王太子には衝撃が大き過ぎたのかもしれない。

彼の気分を引き上げるような耳に優しい話はないかしら、と頭の中で探してみたけれど、既に私の知っている情報は出してしまっていた。

そもそも『この地で発生している風土病の原因は、聖獣との契約が切れたことだ』との発言以上のことを、私は知らないのだ。

申しわけない気持ちになったため、せめて正しく状況を共有すべきだと考え、知らないことは知らないと伝えるために口を開く。

「ええと、エルネスト殿下、補足させてください。先ほど発言したように、風土病の原因は聖獣との契約が切れたことだと思うのですが、それ以外の詳細はよく分かっていないんです」

「……そうか」

俯いたままぼそりと返事をする王太子は、責任感の強さから、自責の念に駆られているように見えた。

そのため、彼に逃げ道を用意しないと、今にも潰れてしまいそうだと心配になった私は、思っていることと真逆のことを口にする。

「そもそも私が間違っている、という可能性もありますから……」

けれど、王太子は顔を上げると、ゆっくり首を横に振った。

「君は王家と聖獣の契約が切れた事実と、その時期を知っていた。ここまで核心的なことを言い当てたのだから、風土病についての発言も正しいと考えるのが順当だろう。というよりも、『風土病が村人の多くに発症する』という事案は、事実だった場合の影響が大き過ぎるため、事実だとの想定の下に、前もって対策を講じるべきだ」

きっぱりと言い切った王太子は、未だ青ざめていたものの、既に為政者の顔をしていた。

そのため、こんなに弱り切った状態なのに、困難に立ち向かおうとする王太子は立派だわと感心した……次の瞬間、彼は表情を一変させると、拳を振り上げ、テーブルをどんと叩いた。

「くっ、私のせいだ！　私が聖獣と契約できなかったがために、領民たちが犠牲になっている!!」

思わずといった様子でそう発した王太子の表情は、後悔の気持ちで溢れていた。

多分、王太子は一度感情を飲み込もうとしたのだ。

けれど、自分を律することができず、その結果、激昂した声を上げたのだ。

そんな王太子の感情は、第三者である私から見ると、押さえつけるものではないように思われた。

そのため、王太子が自分の感情に折り合いをつけるのを黙って待っていると、しばらくして彼は顔を上げた。

それから、王太子は片手を口元にあてると、自分を恥じるかのような表情を浮かべる。

「ルチアーナ嬢、大変失礼した。みっともない真似を見せたことを反省している。それから、……気を遣ってくれてありがとう」

王太子が仄めかした「みっともない真似」とは、王太子という立場でありながら、私の前で感情を露にしたことだろう。

そして、「ありがとう」とお礼を言ったのは、王太子に逃げ道を用意するため、彼に優しい話を用意したことに気付いているのだろう。

王太子の顔色は今もって蠟《ろう》のようで、完全には立ち直っていない様子なのに、そんな最中にも私を思いやる言葉が出たことにびっくりする。

人間は極限状態に陥った時に本性が出ると言うけど、王太子の本性は「思いやりに溢れている」のかもしれない。

彼自身がものすごく不調な状態だというのに、嫌いな私のことまで気遣ってくれるのだから。

王太子の表情から判断するに、多分、彼は何らかの過去を思い出して、聖獣と契約できなかったことを恥じているのだ。

元々、王太子は「リリウム」というミドルネームを忌みていて、省略することが多いのだけれど、それはきっと、聖獣を従えることができないことに起因しているのだから。

そのことが分かったため、私は思わず口にする。

「王太子殿下、あなたがそんな風に国民を大事に思う感情は、聖獣を従えることができる資質と同じくらい貴重なものだと私は思います。その感情が皆を守ってくれる力になるのですから」

私の言葉を聞いた王太子は、驚いた様子で目を見開いた。

それから、何らかの感情を飲み下そうとでもいうかのようにごくりと喉を鳴らす。

その様子を見て、王太子は感情的にいっぱいいっぱいだわと思った私は、これ以上彼に心労をかけるわけにはいかないと考える。

そのため、明るい表情を浮かべると、彼の気持ちを楽にする言葉を口にした。

「エルネスト殿下、先ほど、私に謝罪とお礼を言われましたが、私のことは気にされなくても大丈夫ですよ。殿下から冷たくされることはデフォルトなので、今さら何とも思いませんから」

「…………」

私の言葉を聞いた王太子はほっとするかと思ったのに、表情を一変させると、かえって悩みが増えたかのように顔を歪めた。あれ？

王太子の心情が理解できずに首を傾げていると、そんな王太子を慰めるかのように、ラカーシュが無言で王太子の肩に手を乗せる。

まあ、仲がいいわね、と思いながら見つめていると、王太子とラカーシュはため息をつき、喉が渇いてたまらないといった様子でテーブルの上のカップを手に取った。

けれど、三つあるカップの中味は全て私が飲み干していたため、２人は絶望的な表情を浮かべると、そのままソーサーに戻す。

それを見た私は、テーブルの上に置いてあったティーポットを手に取り、「お湯が冷めているかもしれませんけど」と断りながら、二つのカップに紅茶を注いだ。

すると、王太子とラカーシュはお礼を言いながら、即座にカップを手に取ったので、２人とものすごく喉が渇いていたのね、と先ほど差し出されるまま3杯の紅茶を飲み干したことを反省する。

２人はそのままカップに口を付けようとしたけれど、その瞬間、大事なことに気が付いたため、私は「あっ！」と声を上げた。

王太子は紳士らしく動作を止めると、私に視線を向けてくる。

「どうした、ルチアーナ嬢？　何か重大な事柄を思い出したのか？」

真剣な表情で尋ねてくる王太子に、私は大きく頷く。

「そっ、その通りです！　どちらのカップにも、私が口を付けていましたわ！　そんなカップをお出しするなんて、失礼極まりない行為でした。今すぐカップを取り替えてきます!!」

1番に頭に浮かんだのは、『とんでもないことに、間接キスになるのではないだろうか』ということだったけれど、はっきりと口にするのは恥ずかしく、意識し過ぎているように思われたため、取り急ぎ2人からカップを取り上げようと手を伸ばす。

けれど、2人ともに『そんなことか』といった様子で肩を竦めると、躊躇することなくカップに口を付けた。

「……は？　え？　ええっ??」

びっくりして目を丸くしている間に、2人はあっさりと紅茶を飲み干すと、「もう1杯いいかな？」「私もお願いしよう」とおかわりを申し出てくる。

そのため、私は「………はい」とだけ返すと、もう1度二つのカップに紅茶を注いだ。

視線は紅茶のカップに固定されたままだったけれど、頭の中では2人の行動を何度も何度も反芻する。

……まって、まって！　紅茶のカップには取っ手が付いているわよね。

そして、王太子も、ラカーシュも、私も、右手の甲に家紋の花が刻まれているので、右利きよね。ということは、3人ともに右手で取っ手をつまむから、口を付けるカップの部分はだいたい一致するんじゃないかしら。

あれ？　2人とも焦る様子を見せないし、そもそもカップを取り替えろとも言わなかったから、他人（異性）が使ったカップをそのまま使用することは普通のことなのかしら？

いやいやいや、違うわよね。すごいことよね。えっ、やだ、この2人が平気でいられるのって、実はすごい遊び人だからなのかしら。

新たな真実を発見したように思い、動揺して2人を見やると、逆に2人から驚いた表情で見返される。

「ルチアーナ嬢、君の顔は真っ赤になっているぞ！　朝から山に登ったうえ、午後からはほぼ外出していたため、日に焼けたのではないか？」

「あるいは、動き過ぎたために疲労しているのではないか？　体が熱を持っているのかもしれないな」

真剣な表情で2人から発せられた言葉を聞いて、私は目をぱちくりと大きく瞬かせた。

……わあ、すごい。ぜんっぜん見当違いなことを言っているわ！

私だって異性だし、そんな私が使ったカップを洗わずに使用したというのに、これほど無頓着だなんて、もうこの2人は遊び人確定でいいだろうか。

あるいは、私を異性だと全く認識していないのかもしれないけれど。

でも、ラカーシュからは告白されたし、異性として認識されていないはずはないと思うのだけど……やっぱり、この程度のことは騒ぐことではないのだろうか。

いずれにしても、2人からあまりに見当違いなことを言われ過ぎて、1人で動揺している私が愚か者に見えてくる。

「……だ、大丈夫です。何でもないことを、大変なことだと思い込んでしまっただけのようですから」

正直に、でも、直接的には真意が伝わらないように曖昧な表現で返答すると、本当に真意が読み取れなかったらしい2人から見当違いな答えを返された。

「いや、風土病は非常に大変なことだ！」

「ああ、その通りだ！」

よし、これほど華麗に「男女間でのカップの使い回し」をスルーされたのだから、私の中でこの2人は遊び人確定だわ！

「……ですよね。それこそが大変なことですよね！」

私の中で一応の結論が出たため、気を取り直すと、これから先は当面の問題に意識を戻すことにする。

ああ、真剣に物事に向き合っていたというのに、ちょっと色恋っぽいことが起こるだけで動揺するのは元喪女の悪い癖だわ、との反省とともに。

「ええと、私が知っている情報はこれだけです。それから、もう1度、私の希望を繰り返させてもらうと、殿下には聖獣との契約を結び直してほしいし、この地に風土病が流行らないでほしいです。多分、後者は前者を実行することで防げると思います」

おさらいのつもりでそう発言すると、王太子が確認するように尋ねてきた。

「……君の主張は理解した。それで、君は私に何を望む？」

ストレートに尋ねてくる王太子を見て、彼のこういう部分はいいわよね、と好ましく感じる。

王族の中にはもったいぶったり、回りくどい言い回しをしたりする方も多いのに、王太子にそういう部分は全くないのだ。

「初めに申し上げた通り、私に協力してほしいんです。具体的には、聖獣について殿下が知っていることを教えてほしいです。1人1人が持っている情報を集約したら、きっと聖獣と契約できるヒントが見つかるはずですから！」

私の言葉を聞いた王太子は、戸惑った様子で再度、尋ねてきた。

「君は……私が聖獣と契約できると思っているのか？」

もちろんそうだ。私は最初からずっと、そのことを言い続けているのだから。

「ええ！」

きっぱりと言い切ると、王太子は信じられないとばかりに目を見開いた。

◇　◇　◇

どうして驚くのかしら、と不思議に思ったけれど、王太子はさっと目を伏せると、無言のまま髪をかき上げた。その指先は震えているように見える。

彼は上げていた手で目元を覆うと、視線を合わせないまま、もう1度確認してきた。

「私は儀式で聖獣の真名を引き継げなかった。そして、真名を知っていた最後のリリウムである前王は、既に亡くなっている。状況は絶望的に思われるが、それでも君は聖獣との契約が可能だと考えるのか？」

とても簡単な質問だったため、自信満々に回答する。

「もちろんです！　聖獣と初めに契約を結んだリリウム家の方は、聖獣から直接、真名を明かされ、その名の下に契約を結んだんですよね。それと同じことをすればいいだけです」

「…………なるほど」

王太子は小さく頷いた後、顔を覆っていた片手を外して弱々しい微笑を浮かべた。

「なるほど、確かに君の言う通りだ。……はは、君の目から見ると、物事はシンプルだな」

王太子はソファの背もたれにどさりと体を預けると、疲れた様子で天井を見上げる。

私もつられて視線を上げると、部屋の天井に施されている白百合の彫刻が目に入った。

それは凛として咲く白百合の姿を彫刻したもので、誇り高いリリウムを上手に表現していた。

このお城はリリウム王家が地方の一貴族だった時から使用していたものだという。

そのため、代々のリリウム家の者もこの天井を見上げたことがあるはずだ。

そして、リリウム家の一員であることに、誇りと喜びを感じていたに違いない。

王太子は感慨深そうに白百合の彫刻を眺めたまま口を開いた。

「君は……すごいな。どこからかリリウム王家最大の秘密を探り出してきたにもかかわらず、その秘密を利用して利益を得ようとしないなんて。それどころか、秘密自体がなかったことになるように尽力したいから、力を貸してくれと言うのだから」

王太子は一旦そこで言葉を切ると、私に顔を向ける。

「君の希望は私が長年望んできたことと一致する。そうであれば、私が協力しないはずがない。だが……」

王太子は自嘲するかのように唇を歪めた。

「弱音を吐いて申し訳ないが、私は既に己の力のなさを思い知らされていたから、聖獣を従えることを諦めていたのだ。なのに、君は自信満々に、私は聖獣と契約できると言い切るのだから……胸が震えた。私が信じ切れない私自身のことを、信じてくれるなんて」

そう発言した王太子の頬が赤らんでいたため、まあ、私ごときに信じられただけでこれほど喜ぶなんて、感受性が豊かなのねと意外に思う。

一方、ラカーシュは王太子の立場の者が簡単に感情を露にすることを軽々しいとでも思ったのか、眉根を寄せて王太子を見ていた。

そんな中、王太子は勢いを付けてソファから背中を離すと、両手を膝の上に置き、深く頭を下げた。

「ルチアーナ嬢、今さらだと思うかもしれないが、これまでの私の態度を謝罪させてほしい。君に対して嫌味を口にしたこと、邪険に扱ったことのどちらについても反省している。申し訳なかった」

王族が深く頭を下げるという、あり得ない事態を目にした私は、びっくりしてソファから飛び上がる。

「えっ！　か、顔を上げてください！　王太子殿下は何も間違ったことはしていませんから!!　私だって、殿下が親切で思いやりがある方だということは分かっています。そんな殿下が失礼な態度を取りたくなるくらい、これまでの私が酷かったということですから」

私は誰もが理解している事実を述べたというのに、王太子は否定するかのように首を横に振った。

「私は生まれた時から、常に女性を敬うようにとの教育を受けてきた。君の態度がどうであったにせよ、私の対応が悪かった言い訳にはならない」

まあ、高潔！

この見た目で、そんなセリフをさらりと吐けて、王子様という身分なのだから、学園で女子生徒たちから人気ナンバーワンになるはずよね。

「わ、分かりました！　殿下は全く悪くありませんが、謝罪を受け入れます。だから、頭を上げてください」

王太子に頭を下げ続けられるという状態が心地悪く、必死になってお願いすると、彼はやっと頭を上げてくれた。

それから、高潔なる王太子は、先ほど私が依頼した内容を、彼からの依頼という形で再提案してきた。

「君さえよければ、今後は同じ志を持つ仲間として、聖獣と契約できる方法をともに探してほしい。そのことを、改めて私の方から頼みたい」

王太子の表情が柔らかに緩み、銀髪がいつも以上にきらきらと輝いて見える。

ううーん、これまでずっと、王太子からは塩対応しかされたことがなかったし、そのことに不満はなかったけれど、普通の対応に切り替えられると、それはそれでいいものだわ。

元々、ゲームの中の最推しキャラだったから、尊いものを見せてもらった気分になるのよね。

「ありがとうございます、殿下！　それでは、よろしくお願いします」

そう返事をすると、私たちは顔を見合わせて微笑んだ。

それから、持っている情報を出し合うことにする。

とは言っても、私は既に全ての情報を開示した後だったし、ラカーシュは王太子ほどには聖獣について詳しくなかったので、2人で王太子の話を聞いていただけだったけれど。

――――王太子の話によると、元々、不死鳥は聖山に棲んでいたらしい。

初めて聖獣と契約を結んだ100年前には既に、不死鳥が病気や怪我を治すことは知られていたため、不治の病にかかっていた当時の王を治してほしいと、リリウム家の先祖が聖山を訪れたことから、全ては始まったのだ。

不死鳥はおかしそうに笑ったという。

『面白いことを言うな。王に子はおらぬゆえ、このまま王が死ねば、侯爵であるお前にも次の王になる機会が巡ってくるかもしれぬのに』

『王は今、急進的な改革を行っている最中です。ここで亡くなれば、国が乱れます』

『ふうむ、私だとて国を平安に導くために存在することだしな。お前の思想は悪くない。よかろう、お前と契約を結ぼう。その証に我の名を示そう』

そして、聖獣と契約を結んだ際、リリウム家の火魔術で作り上げた紅炎を、聖獣の食事として提供することを約束したとのことだった。

けれど、実際に紅炎を提供した際、その炎は聖獣の口に合わなかったようで、リリウム家は苦情を言われたらしい。

『お前の炎はイマイチだな。美味しくなるよう力を貸そう』

『それはありがたい。これからずっと、君の食事は我が一族の炎のみとなるのだから、君好みの味を教えてもらうことは非常に助かるな』

そんな会話とともに、100年の長きにわたる王家と聖獣の契約は始まったのだ――……。

「……聖獣と契約したことで、我が一族の火魔術の威力は各段に上がった。そして、聖獣の力により当時の王は回復したが、次代を担う子が王に生まれなかったため、聖獣を従えているリリウム家が次の王となったのだ」

王太子はそう締めくくると、窓に顔を向け、遠くに見える聖山を見つめたのだった。

◇　◇　◇

「ルチアーナ嬢は先ほど、聖獣は聖山で何をしているのかと長老に質問していたが、……聖獣は炎を喰らっているのだ。リリウム家と契約していた間は、我が一族が提供する紅炎を食していたが、契約が切れた後は一切受け付けなくなったのだからな」

王太子は聖獣の説明の一環として、私が抱えていた疑問にさらりと答えてくれた。

長老の家で質問をした際には、そ知らぬふりをしていたのだから、すごい変わりようだ。

けれど、その変化が私を仲間だと認めてくれた証のように思われて嬉しくなる。

「リリウム家との契約が切れて以降……ここ4年の間の不死鳥は、活火山である聖山の炎を食している。リリウム家の紅炎と聖山の炎の性質が異なるのか、あるいは聖獣が時期的に空腹を覚えているのかは不明だが、最近では多くの時間を聖山の頂上で過ごし、四六時中、炎を喰らっているようだ」

「そうなんですね。というか、聖獣の食事は炎なんですね。聖獣だけあって、何とも神秘的ですね」

王太子の話によると、元々、聖山に棲んでいた聖獣は、聖山の炎を食べて暮らしていたらしい。けれど、リリウム王家と契約して王都で暮らすようになって以降、王家の者が提供する紅炎を食べる生活に変化したという。

リリウム家の紅炎は聖獣と契約した時に定めた対価だったから、契約が切れた今、聖獣は再び聖山の炎を食べる生活に戻り、そのため聖山で暮らしているのだろう。

聖獣の生活を理解できたように思い頷いていると、王太子は真剣な表情で口を開いた。

「ところで、子どもたちの腕に現れていた紅斑だが、村人たちは数年かけて少しずつ病魔に侵されていく、とルチアーナ嬢は説明したね。だとしたら、少しは猶予期間があるかもしれない」

それは私が1番気になっていた話だったので、はっとして王太子を見つめる。

「それは一体、どういうことですか？」

王太子は目を眇《すが》めると、顎に指を添えた。

「この病の症状として、初期段階では体の節々に痛みを覚えるだけだが、進行していくにつれてどんどん体が動かせなくなり、最後には寝たきりの状態になると君は説明した。しかし、この村で寝たきりの者が増加し始めたとの報告は受けていない。既に発症した者がいるにしても、それほど病状は進んでいないはずだ」

「そうなんですね！　よかったです」

さらりと領民の状態を答えた王太子を見て、立派だわと感心する。

王太子はいつだって忙しいのに、これほど細やかに領民のことを把握できているのは、彼が領民たちのことを心から気に掛けていることの表れだろう。

「それから、君は先ほど、『紅斑はいずれ全身に広がる』と言っていた。しかし、村を見て回った限り、1番早く症状が表れるはずの子どもたちですら、紅斑が見られるのは腕だけだった。そのことからも、風土病が本格的に進行するまで、いくばくかの猶予期間があると推測する」

「確かにそうですね！　殿下の話を聞いて、私もそんな気がしてきました」

王太子から理路整然と説明され、その内容に納得した私は大きく頷く。

「ただ、この見地には多分に私の希望も交じっている。そのため、至急、村人たちの健康状態を調査させよう。その際、紅斑が発生し始めた時期や、発生年齢の分布などについても詳しく調べさせるつもりだ」

生真面目な表情でそう締めくくった王太子に対し、私は勢い込んでお礼を言った。

「とても助かります！　ありがとうございます!!」

さすが王太子、すごい決断力と実行力だわ！

やっぱりこの2人に相談したことは正しかったわね、と安堵していると、王太子は言い難そうに言葉を続けた。

「全ては風土病に関する情報を無償で提供してくれた君のおかげだ。そのことに、私の方こそ深く感謝する。……が」

「はい？」

色々と情報を出し合った後だというのに、まだ尋ね難いことがあるのだろうかと思いながら問い返す。

すると、王太子は躊躇いながらも、疑問に思っていることを口にした。

「私は先ほど、これほどの情報を入手する技術は素晴らしく、高い価値があるから、その手法を外に漏らしたくない気持ちは理解できると発言した。その発言に反することは分かっているが、一体君はどのようにして……」

「エルネスト！」

けれど、そこで突然、それまで黙っていたラカーシュが王太子の言葉を遮ってきた。

「それは尋ねるべきでない事柄だ。ルチアーナ嬢は善意でお前に情報を無償提供したというのに、その結果、お前から尋問されなければならないのか？」

ラカーシュに肩を摑まれたエルネスト王太子は、はっとした様子で息を呑んだ。

それから、王太子は少しだけ頬を赤らめると、恥じらうような表情を浮かべる。

そんな王太子をちらりと見やると、ラカーシュは言葉を続けた。

「私も全てを把握しているわけではないが、知り得た情報から類推すると、ルチアーナ嬢には私たちが知らない情報を入手できる経路《ルート》があるようだ。そして、そのルートは彼女が独力で入手したものだ。そのことを尊重し、彼女が隠したがっているものを決して乱暴に暴いてはならない」

「その通りだ。ルチアーナ嬢、大変失礼した」

ラカーシュの言葉を受けて、王太子はあっさり引き下がると謝罪した。

その様子を目にし、2人とも立派ねと心の中で呟く。

王太子にとって聖獣との契約は最重要案件だし、領民の風土病回避は全てに優先する事柄だ。

そのため、今後、王太子はそれらの対応に多くの人員と時間を割くはずで、事案の根拠を押さえたいというのは至極まっとうな要望だ。

事柄が事柄なので、王族としての威光をちらつかせながら、私に詰め寄っても何ら不思議はないのに、ラカーシュの言葉に納得して王太子は一歩下がったのだ。

そして、ラカーシュにしても、公爵家嫡子の立場としては、王太子の意向に従うのが正しい道なのに、以前、フリティラリア城で約束した「ルチアーナ嬢が『世界樹《ユグドラシル》の魔法使い』ではないことを支持する」との言葉を律儀に守ろうとしてくれたのだ。

きっとラカーシュは、私が魔法使いの力を使って色々なことを知り得たと考えているのだろうから。

いずれにしても、王太子が引いたのはラカーシュの言葉だからだ。

積み重ねてきたラカーシュへの信頼が、王太子の心を変えることができたのであって、他の者が同じ言葉を口にしても王太子には響かなかっただろう。

私はすごい2人と一緒にいるんだわ、と改めて身が引き締まる思いを感じていると、王太子は反省した様子で口を開いた。

「すまなかった、ルチアーナ嬢。言い訳になるが、私は焦りを感じていたのだ。私が聖獣と契約できないことが原因で、領民たちが病に倒れることなど、あってはならないことだからな。君からニュースソースを教えてもらうことで何らかの気付きがあり、対応策の助けになるかもしれないと考え、尋ねるべきではないと分かっていながら情報源を尋ねてしまった」

そこで言葉を切ると、王太子は困ったように眉を下げた。

「いずれにしても、無私の心で領民のことを考えてくれた君の前で、恥ずかしい真似をした」

これまでつんけんしていた王太子の態度とは思えない殊勝な態度を目にし、私は慌てて両手をぶんぶんと振る。

「いえ、ちっともそんなことはありませんよ！　先ほどからずっと、殿下は思いやりがある方だなと思いながら、お話を聞いていましたから。殿下に聖獣を使役できるようになってもらいたいのは、兄の腕を取り戻したいとの目的があるからですけど、そのことを抜きにしても、殿下が聖獣と契約できるといいなと思うようになりました」

「えっ？」

まさか私がそう返すとは思わなかったようで、王太子はとまどったように見つめてきた。

そのため、普通のことを口にしただけで驚かれるほど、これまでのルチアーナの態度は酷かったのだわ、と思いながら言葉を続ける。

「殿下が聖獣と契約できたら、きっとこの国の者は今よりも幸せになれると思いますから」

私の言葉を聞いた王太子は、視線を下げると、はにかんだ表情を見せた。

「……そうだな、君の言う通りだ。私はリリウムの名を継ぐ者なのだから。加えて、聖獣を使役する一族で、そのことにより国民に安心を提供する者なのだ。幼い頃は、そのことを誇りに思っていたのに、聖獣の真名を1度引き継げなかっただけで、もはや聖獣を使役することはできないと勝手に思い込んで、諦めていたのだな」

それから、視線を下げたまま、自分に言い聞かせるように一段低い声で呟く。

「そんな私に、ルチアーナ嬢はもう1度挑戦する気概を与えてくれたのだ。ああ、本当にそうだ、……王家の儀式で真名を継承できなかったとしても、初代の契約者のように、聖獣から直接真名を教えてもらう方法があったのに」

王太子は顔を上げると、まっすぐ私を見つめてきた。

「ルチアーナ嬢、ありがとう。私はもう1度、リリウムの名を継ぐ者として胸を張ることができる」

そう言って、天井に彫られた白百合に視線をやったエルネスト王太子は、吹っ切れた表情をしていた。

晴れ晴れとした姿で、満足したような笑みを浮かべている。

……まあ、白百合が咲いたようだわ。

微笑を浮かべるエルネスト王太子の姿を見て、私はそう思ったのだった。

◇　◇　◇

翌日から、私は多くの時間を王太子やラカーシュと一緒に過ごすようになった。

具体的には、聖獣と風土病について調べるため、2人、もしくは3人でリリウム城にある図書室の本を読むか、ルナル村を訪れて聞き取りを行う。

けれど、聖獣については、長年使役していた王家の一員である王太子の説明以上のものはなく、誰もが聖獣は山に籠りきりで姿を見ていないと口を揃えた。

一方、風土病については、「白百合領で流行った風土病」と特定して探し始めたことで記録が見つかり、100年以上前にも紅斑を持った病人たちがいたことが分かった。

——その日、エルネスト王太子、ラカーシュ、私の3人は、いつものように朝から図書室の本を調べていた。

「101年前に280名、153年前に242名、200年前に123名、252年前に145名、295年前に48名の病人の記録がある。紅斑が出たと記載されているし、最終的な病状は寝台から動けなくなったとあるから同じ病だろう。病名は『紅斑腫』とあるな」

この地における病の歴史を記した本をめくりながら、ラカーシュがそう口にする。

別の1冊を手に取っていた王太子も顔を上げると、ラカーシュに同意した。

「どうやら50年ほどの周期で、定期的にこの紅斑腫が発生していたようだな。だが、直近100年の間は1度も発生していない」

100年前と言えば、王家が聖獣と契約した時期だ。

そのことにピンときた私は、閃いたとばかりに考えを口にする。

「それはつまり、聖獣が王家と契約して以降は1度も発生していないということですよね？　あっ、王家と契約してから、聖獣は各地で『癒しの欠片』を落とすようになりましたよね！　もしかしたらこの100年の間、人々はその欠片をたくさん体に受けることができたから、病気にならなかったんじゃないですか？」

けれど、私の考えは王太子にあっさり否定された。

「それは考え難いな。『癒しの欠片』に重篤な病を治せるほどの力はないし、元々、聖獣は聖山に棲んでいたから、山の付近にあるルナル村には、昔から『癒しの欠片』を落としていたようだからな」

一方、ラカーシュは部分的に私の考えを支持してくれる。

「だが、白百合領内には他にも町や村があるものの、紅斑腫の発生記録があるのは、聖山に最も近いルナル村のみだ。ルチアーナ嬢自身が先日、風土病の原因は王家と聖獣の契約が切れたことだと述べていたことだし、そのことから推測しても、聖獣自体が風土病に影響を与えている可能性は高いはずだ」

「そうだとしたら、急いで原因を特定したい気持ちになりますけど、聖獣の何が影響を与えているのかは分からないんですよね……」

うーん、と3人で考え込んだところで、ふと聖獣は聖山の炎を食べていると言っていた王太子の言葉を思い出す。

「そういえば、火山の麓には湧水が多いと聞いたことがあります」

私は頭の中で、既に出揃っている情報を整理しようとする。

まず聖山は活火山で、聖獣はその炎を食糧としてきた。

そして、聖獣が聖山の炎を食べなかったのは、王家と契約していた約100年前から4年前までの間のみだ。

「んん？　もしかしたら聖獣が聖山の炎を食べることが、風土病発生の原因ってことはないでしょうか。紅斑腫が発症していない直近100年間は、聖獣が聖山の炎を食べていない時期と一致しますから」

それから、小声でぼそぼそと呟きながら、考えをまとめようとする。

「あの村の人々は飲み水にしろ、畑へ撒く水にしろ、聖山に長い間蓄積され、その後、麓から湧き出てきた地下水を利用しているわよね。……元々、聖山は聖なる炎で浄化された水を貯え、近隣の地にその恵みを与えていたのじゃないかしら。けれど、聖獣が聖山の炎を食べるようになって、浄化の力が落ちてしまい、湧水に力がなくなったとしたら？」

「面白い仮説だな」

考え込んでいたところに、突然、王太子から声を掛けられたため、びくりとして顔を上げる。

すると、王太子とラカーシュが興味深そうに私を覗き込んでいた。

「あ、いえ、とりとめのないことを考えていただけです」

私の独り言を真面目に取り合ってもらうのも申し訳なく、慌てて話を終わらせようとしたけれど、ラカーシュは考える素振りを見せた。

「だが、君の発言は一理ある。なぜなら聖獣が聖山に棲みついたのは300年前だ。そして、記録を見る限り、紅斑腫の症例は300年より前には1度も発生しておらず、ルチアーナ嬢の仮説と一致する。……よし、試しに村人の飲み水を変えてみることにしよう」

そう言って、今にも図書室を出て行ってしまいそうになった2人を見て、私は慌てて声を上げる。

「い、いえ、ですが、皆を守るべき聖獣が病気の原因というのは、よく考えたらあり得ないように思います！」

けれど、王太子は複雑そうな表情を浮かべた。

「恩恵のみを与える存在というのは、まず存在しない。我が王家はいつだって、国民のためになるようにと行動しているが、全員を同時に救うことはできない。たとえば一つの救済策を出した際、その策によって不利益を被る者が必ず出てくるのだ」

「それはそうかもしれませんね」

確かに、全ての人を等しく救う策、というのはあり得ないだろう。

「不死鳥が棲み付くまでの聖山は魔物の巣窟だった。薬草や山菜を採るために聖山に登る者が襲われることはもちろんのこと、しばしば魔物は山を下りてきて、ルナル村の人々を襲っていた。そのため、魔物による被害人数は、『紅斑腫』に罹患する者よりもはるかに多かった。聖獣が棲むことで、村人たちは魔物の恐怖から解放されたのだ」

「まあ、でしたら、……聖獣が棲む利益の方が大きく見えるかもしれませんね」

村人たちは毎日毎日、魔物が聖山を下りて襲ってくるかもしれないという恐怖と戦っていたのだ。

けれど、聖獣が聖山に棲み付いたことで、全ての魔物が駆逐され、その恐怖から解放されたのだ。

人々が聖獣にどれほど感謝しているかは、想像に難くないだろう。

「恐らく、村人たちに全てをつまびらかにして、『聖獣が聖山に棲むことと、棲まないことのどちらを選ぶか』と尋ねたら、誰もが前者を選ぶだろう。……それに、聖獣が我が一族と契約してさえいれば、風土病の危険もなくなるのであれば、聖獣はそれこそ恩恵のみを与える存在になるのだから」

確かに王太子の言う通りなので、反論できずにいると、王太子とラカーシュは連れ立って図書室を出て行った。

そんな2人の後ろ姿を、感心しながら見送る。

あの2人の行動力は突出しているわね。

大した根拠もない私の仮説を真面目に検討しただけでなく、すぐに対応しようと図書室から出て行ったのだから。

けれど、その行動力は、村人の病を回避する可能性があることは何でもやってみよう、という気持ちの表れだから、私が村人ならばこんな領主に治めてほしいわよね。

私はそう結論付けると、やっぱりあの2人はすごいわね、と心の中で思ったのだった。

さて、1人になった私は手持無沙汰になったため、ぷらぷらと図書室内を見て回った。

面白いことに、図書室の中には学園で使用している教科書も揃えてあったため、興味をそそられて背表紙を指でなぞる。

けれど、すぐに思うところがあって、その中から『王国古語』の教科書を手に取った。

パラパラとめくってみると、記憶にあった通り短い文が羅列してある。

「そうそう、『黒百合の森に現れし緑の蛇は、赤き湖にて永遠に眠る』……この一文が、フリティラリア城で役に立ったのよね」

凶悪な魔物と対峙した際、私を救ってくれた『救済の一文』に遅ればせながら感謝する。

どうして教科書に救いの一文が載っていたかは不明だけれど、この言葉に救われたことは確かなのだ。

同じように、聖獣のことで私のことを助けてくれそうな一文はないかしら、と他力本願にも教科書に頼ろうと考える。

そのため、さらにパラパラと教科書をめくってみると、関係がありそうな文がいくつか見つかった。

「あっ、『赤き光と黄金の光が交わりし時、天から降りし黄金の剣にて裁かれる』って、これじゃないかしら？　いえ、それとも、『あまねく癒しを与える光、白き炎の中から蘇らん』かしら？　あっ、あっ、『金と赤の聖なる獣、聖なる山より』ってあるからこれだと思うけど、途中で切れているわ」

どういうわけか、『聖獣と関係がありそうな一文はないかしら』と思いながら読んでいると、全ての文が関係ありそうに見えてくるから不思議だ。

その後もしばらく王国古語の教科書を眺めていたけれど、どれもが関連する文のように思えてよく分からなくなったため、私はテーブルの上に教科書を投げ出した。

「ま、まあ、そんなに簡単にいくとは思っていなかったからね」

やっぱり地道に情報を集めた方がよさそうだ。

そう考えて、再び『白百合領の歴史』という本をめくり始めた時、王太子が戻って来た。

彼はテーブルの上に投げ出された王国古語をはじめとした数冊の本をちらりと見ると、「朝から根を詰め過ぎたようだな。休憩を取るのはいいことだ」とコメントしてきた。

どうやら王国古語の教科書を見て、こっそり関係ない本を読んで息抜きをしていると思われたようだ……この場合、教科書を読んで息抜きになると考える王太子の思考はすごいと思うけど。

いずれにしても、王太子から私を労る言葉がでてきたことにおかしさを感じる。

「どうした？　私の顔に何か付いているか？」

突然、微笑んだ私を訝しく思ったようで、尋ねるように首を傾げてきた王太子に慌てて説明する。

「あ、いえ、殿下から純粋な労りの言葉が出たことにおかしさを感じてですね。1週間前でしたら、殿下は間違いなく、耳に優しいけれど嫌味交じりの言葉を口にされるだけで、私を労ろうなんて思いもしなかったでしょうから」

説明している途中でおかしくなって、くすくすと笑っていると、王太子は憮然とした表情を浮かべた。

「それは……私だけでなく、君が変わったからだろう。以前は、君に対してどのような言葉を発したとしても、曲解されて言いがかりをつけられる恐れがあったため、迂闊な言葉は口にできなかったからな。だが、今は……」

「今は？」

王太子が言い止したので聞き返すと、彼は言い難そうに小声で囁いた。

「……私が失言したとしても、君なら見逃してくれるような気がするよ」

「つまり、少しは私が善良になったと、信じてもらえたってことですね？」

嬉しくなってそう尋ねると、王太子からじとりと見つめられる。

「えっ、あの？」

王太子の視線にこれまでにないものを感じて戸惑っていると、彼はわざとらしいため息をついた。

「これまでの君は自意識過剰だったが、今はなかなかに鈍感だな」

◇　◇　◇

面と向かって鈍感だとか、自意識過剰だとか言われた私は顔をしかめた。

王太子ったら、思っていたよりも毒舌よね。

私以外の女子生徒の前では完璧王子様を演じているのに、最近の王太子は開き直ったように私の前で素を晒している。

『どう言葉で取り繕っても、君は私の底意を読み取るから』という意味のことを言われて以降、どんどんと本音が飛び出てくるようになったのだけれど、ちょっと歯に衣着せな過ぎじゃないかしら。

そうは思ったものの、本音を口にする王太子は生き生きとしているので、まあいいかと思えてくる。

王太子は生まれた時から女性を敬うよう育てられてきたため、ルチアーナのように心底嫌っていた相手にも、間接的な嫌味を言うだけで済ませていた。

そのせいで、色々とうっぷんが溜まっていたのかもしれない。

そうだとしたら、私を相手にした時くらい、思ったことを口にしてすっきりしてもらってもいいわよね。

そう考えながら、私は王太子の言葉を受け入れる。

「どうせ鈍感ですよ。同じようなことを、散々お兄様にも言われましたわ」

「そうだろう。君の鈍感さは一朝一夕にできたような簡単なものには見えないからな」

前言撤回だわ。これはずけずけ言い過ぎよ。

「ほほほ、でしたら察しの悪い私にはっきりと言ってくださいな」

「つまり……ラカーシュが君に魅かれるのも理解できる、ということだ」

文句を返されたら受けて立つつもりでいたところ、なぜだか褒め言葉のようなものが返ってきた。

そのため、ぽかんとして王太子を見つめる。

「へ？」

それから、慌てて言葉を紡いだ。

「そ、それは、私が少しだけでなく、だいぶ善良になった、と殿下にも信じてもらえたってことですか？」

私の言葉を聞いた王太子は、これはダメだとばかりに目を瞑った。

「……そうではないのだが」

「えっ、だったら……」

王太子の言いたいことを当てようとしたけれど、それよりも早く言葉を紡がれる。

「長年、私にとっての最重要案件は聖獣問題だった。そのことに全精力を傾注していたから、色恋ごとに疎いことは自覚している。それでも……女性の魅力に気付かないほど疎いわけではないということだ」

けれど、王太子から言い直してもらったにもかかわらず、彼の言っていることがよく分からなかった。

まさか今さら、王太子が私を魅力的だと褒めることはないだろうし、何を言いたいのかしら？

「つまり、どういうことですか？」

もう一度丁寧に説明してもらおうと思って質問すると、王太子はふふっと小さく笑った。

「これまでの君は、私の言葉の裏側を完璧に読んでいたが、例外もあるのだな。何とまあ、ここまで酷いのか。これはラカーシュも苦労するな」

何を仄めかされているのかは分からなかったけれど、馬鹿にされていることは分かったためにじとりと睨むと、王太子は笑みを浮かべた。

「はは、私がラカーシュの立場ならば、これほど鈍い者を相手にすることに苛立ちを覚えただろうが、傍観者の立場だと楽しさを感じるな。……要約すると、私は君と今後も上手くやれそうだということだ」

上手く誤魔化されたような気もしたけれど、王太子は楽しそうだったし、私を嫌っている風にも見えなかったので、この辺りで手を打とうと思った私は、「そうですね」と返事をした。

世の中には、深く追及しない方がよいこともあるわよね、と自分に言い聞かせながら。


——それから、数日後。

とうとう滞在期間が終了する日の前日となった。

明日の朝には白百合領を発つ予定になっていたため、私は部屋で1人、荷物を整理しているところだった。

先ほど、昼食時に他の生徒たちと一緒になった際には、誰もがレポート作成に必要な資料を集めることができたと、満足そうな様子を見せていたことを思い出し、皆にとって楽しい実習になったのならよかったわと安心する。

滞在期間中、王太子とラカーシュを独占する形となっていたので、他の生徒たちが不満を覚えているのではないかと心配していたからだ。

ちなみに、私も白百合領については、本を1冊書けるくらいの情報を集めたけれど、聖獣問題を解決することはできなかったため、満足する気持ちにまではなれなかった。

ただし、村人が使用する水については、外部地域から継続的に入手できるよう王太子が手配済みで、既に村人たちへの供給が始まったと聞いていたので、ほっと胸を撫で下ろす。

この対策の効果が分かるのはもっと先のことだろうけれど、もしかしたらこの行為により、村人たちは風土病を発症しないかもしれない。

そうであれば、今回の訪問は十分な収穫があったわよね、と希望的観測を抱きながら、ふと窓の外を見つめる。

すると、城壁の外に、自然豊かな景色が広がっているのが見えた。

天気は良く、絶好の外出日和に思われる。

今日は白百合領で自由に動くことができる最後の日だから、長老様と子どもたちを訪問しようかしらと考えていると、侍女が私を呼びにきた。

王太子とラカーシュがお茶に誘っているとのことだったので、案内されるまま部屋に向かう。

応接室に入ると、2人がソファから立ち上がって出迎えてくれたので、まあ、相変わらずマナーのお手本のようねと感心した。

ソファに座ると、侍女が私に3杯の紅茶を出してきたため、これは何の嫌がらせかしらと王太子をじろりと睨む。

すると、彼は邪気がなさそうな表情で両手を上げた。

「君への最大の配慮を表しているだけだよ。他意はない」

確かに先日は、王太子とラカーシュの分の紅茶を飲み干したけれど、いつもいつもあれほど喉が渇いているわけではないのだ。

「今後は1杯で十分ですわ」

きっぱりとそう言い切ると、王太子はおかしそうに微笑んだ。

「残念だな、私なりに敬意を表していたのに」

「いたずらをしている子どものようにしか見えませんが」

そう言い返すと、王太子は思ってもみないことを聞いたとばかりに目を細めた。

「いたずら……。ああ、なるほど。そうかもしれないな。私は幼い頃からずっと帝王学を学んできたし、側にいた1番近い従兄は私以上に真面目だったから、いたずらをした覚えなどほとんどないからね。ふふ、そうか。ルチアーナ嬢が何だって受け入れてくれるから、私は君にいたずらを仕掛けているのか」

「成人した世継ぎの君ともあろう方が、ふざけ過ぎですよ」

顔をしかめて苦言を呈したけれど、王太子からは上機嫌で返されただけだった。

「うん、そんな風に君はきちんと私を叱ってくれるからね。私が本音で接することができる相手は、ラカーシュや側近といった者たちに限られるが、誰も君ほどには感情を露にしない。君の反応は新鮮だから、私もつい楽しくなってしまうようだ」

何だその理屈は。

思わず文句を言いそうになったけれど、侍女が運んできたお菓子が目に入ったために口を噤む。

「ルチアーナ嬢には王宮舞踏会を蹴ってまで白百合領に来てもらったことだし、こんな機会はもうないかもしれないから、せめて特産品を食べていってほしいと思ってね」

そう言いながら、王太子はこの地域特有のお菓子をたくさん、お茶請けに出してくれた。

まあ、王太子ったらものすごくいい人じゃないの。

でも、深窓のご令嬢としては、はしたないと思われないように、どれか一つで我慢しておくべきかしら。

残念に思いながら、たくさんのお菓子を目で追っていると、ラカーシュが取り皿にそれぞれの種類のお菓子を一つずつ取り分けてくれた。

「ルチアーナ嬢、できればそれぞれの菓子の作り手が異なるので、彼らの労力に報いるためにも一口だけでも食べてやってほしい。無理をする必要はないが」

まあ、ラカーシュったら何て素敵なエクスキューズなのかしら、と私は感心して彼を見上げる。

「それでしたら、遠慮なく全てを食べさせていただきます！　大丈夫です、全く無理はしていませんので」

そして、お皿に盛られたお菓子を口にしてみたところ、どれもがすごく美味しかった。

そのため、ぱくぱくと次から次に食べていると、王太子がしみじみとした声を出す。

「ルチアーナ嬢、……君には、大変世話になった」

突然の改まった口調に視線を上げると、王太子は好意的な表情を浮かべていた。

「君には色々と教えてもらった。そして、そのどれもが私の知らないことで、ためになった。君はいつだって一生懸命で、献身的で、魅力的だな。ラカーシュがこれほど君に夢中でなければ、私も名乗りを上げているところだ」

「エルネスト！」

ラカーシュが尖った声を出すと、王太子は降参を示すかのように両手を上げる。

「冗談だ。お前が初めて本気になった相手だ。当初は、お前の経験のなさが仇になって、とんでもない悪女に誑《たぶら》かされたのかと危ぶんでいたが、今ならお前が魅かれた理由が理解できる。だが、いくら何でも、1番大事な従兄と同じ女性を争うつもりはない」

そう言うと、エルネスト王太子は私に向かって片手を差し出してきた。

「いずれにせよ、君は変わったし、新しい君の側にいるのは非常に楽しい。無私の心で白百合領のために尽力してくれた恩もあるし、よければ今後も君と付き合っていきたい。私の友人でいてもらえないだろうか？」

……こ、これはもしや、名前を付けるならば「友情ルート」というものかしら。

そうであれば、将来的に主人公《ヒロイン》が現れて、断罪されることになっても、「ルチアーナはそう悪い奴じゃないから」と手心を加えてもらえるのじゃないかしら。

エルネスト王太子は攻略対象者の中でも最高権力者だから、私の望む最高の関係が手に入ったのかもしれない。やったわ！

内心高笑いをしながら、王太子の手を握って「光栄です、殿下」としおらしく答えていると、突然辺りが騒がしくなった。

何事かしらと耳を澄ませていると、廊下からカツカツと鋭い音が響いてくる。

どうやら誰かが廊下を走っているようだわ……と思っている間にバタンと部屋の扉が開き、見慣れた黒髪黒瞳の美少女が飛び込んできた。

「えっ、セリア様!?」

思わず驚きの声が飛び出たけれど――――それは仕方がないことだろう。

扉口に立っていたのは、王都にいるはずのラカーシュの妹のセリアだったのだから。

◇　◇　◇

セリアの姿を目にして驚いたのは、私だけではなかったようで、王太子とラカーシュも驚いた様子で声を上げた。

「セリア!?」

「一体どうしたんだ！」

けれど、セリアは返事をすることなく、カツカツと高い靴音を響かせながら近付いてくると、私たちが座っているソファの前で立ち止まった。

それから、挨拶もそこそこに、焦った様子で口を開く。

「突然、押し掛けてきて申し訳ありません。王妃陛下から特別使用許可をいただき、王宮にある転移陣を使用してきました」

「それほど急ぐ用事があったのか？」

ラカーシュはソファから立ち上がると、心配そうにセリアの顔を覗き込んだ。

そんなラカーシュを見上げて、セリアは大きく頷く。

「そうです！　あの……」

けれど、セリアは開きかけた口をすぐに閉じると、戸惑った様子でエルネスト王太子に視線を向けた。

その様子から、王太子は何かを感じ取ったようで、2人に声を掛ける。

「公爵家の秘密会議をしたいのならば、空いている部屋は幾つもある。言うまでもないことだが、好きに使ってもらって構わない」

王太子の言葉を聞いたセリアは、確認するかのようにラカーシュを見上げたので、彼は安心させるように頷いた。

「セリア、お前が好きなように行動すればいい。後始末は全て私が引き受けよう」

そんな2人の会話を聞いていた私は、交わされた内容にぴんとくる。

もしかしたらこれは、セリアの『先見』のことを話しているのじゃないだろうか。

フリティラリア公爵家に100年振りに『先見』の能力者が生まれたことは、公爵家内の秘密だと言っていたから、セリアの能力についてはエルネスト王太子も知らないはずだ。

そのため、王太子に聞かれても困らないように、主語をぼかしているのじゃないだろうか。

そうだとしたら、この後、別室で『先見』に関する何事かを話し合うつもりでしょうね、と推測しながら2人を見守る。

けれど、私の推測とは異なり、セリアは別室に移動することなく、ぎゅっとドレスの胸元部分を握りしめると、緊張した様子で王太子に向き直った。

「どうした、セリア？」

王太子もセリアはすぐに退室すると思っていたようで、戸惑った様子で名前を呼ぶ。

そんな王太子に向かって、セリアは公爵家最大の秘密を暴露した。

「エルネスト様、私はフリティラリア公爵家の『先見』を引き継いでいます！」

「何だって!?」

セリアの告白を聞いた王太子は、大きく音を立ててソファから立ち上がる。

つられて私も、勢いよくソファから立ち上がった。

「セ、セリア様？」

まさかこんなに突然、セリアが公爵家の秘密を打ち明けるとは思いもしなかったからだ。

長年隠し続けてきた重大な秘密を、家長の了承もなく王族にバラしても大丈夫なのだろうか、と心配になったけれど、今しがたラカーシュが「後始末は全て私が引き受けよう」と請け負っていたことを思い出す。

まあ、これほど責任重大なことを、ラカーシュはたった一言で肩代わりするつもりなのだわ。

話の成り行きに驚愕して2人を見つめていると、セリアは凛とした表情で王太子を見上げた。

「未来を先読みできるというのは、大変なことです。そのため、父はこの力を一手に独占しようと考え、私の能力を秘密にしてきました」

突然の告白に、王太子は驚いた様子を見せたものの、理解を示すように頷いた。

「公爵の行動は理解できる。貴族は王家に忠誠を誓っているものの、それぞれの家門の利益を守る責任がある。そのため、価値あるものを一族内で独占することは一つの決断だ」

王太子は口にしなかったけれど、『王家に秘密を打ち明けて信頼を勝ち取るとともに、その恩恵を王家と共有する』という選択肢もあるはずだ。

それに、そもそも稀有で有益な魔術を継承することができた家柄を、王家は公爵家として叙爵し、多くの権利を供与してきたのだ。

建前上は、「特殊魔術の行使は貴族家の自由にしていい」ことになっているけれど、王家の本音は「これほどの恩恵を与えているのだから、忠義を尽くして報いてほしい」というところだろう。

にもかかわらず、王家に秘する選択をしたフリティラリア公爵に不快さを示さない王太子は、器が大きいと思う。

そのことを分かっているのか、セリアは申し訳なさそうに目を伏せた。

「ある理由で、両親は私が間もなく亡くなるものと考えています。そのこともあって、父は私の能力を隠そうと考えたのだと思います。以前の私であれば、父の言葉通りに従い、この力を活用しようとは思いもしませんでした。けれど、今はもしも私に救う力があるのであれば、救いたいと思うようになりました。なぜなら……私も救われた者の1人で、救われたことに心から感謝しているからです」

セリアは話している途中で少しずつ視線を上げていき、最後は私を見つめる形で言葉を締めくくった。

そのため、まるで私に向かって話をされているような気持ちになる。

……いえ、実際にセリアは私に向かって感謝を伝えているのだわ、と気付き胸がじんと熱くなっていると、私の視線の先で、王太子が心配そうにセリアを見つめた。

「そうか。セリア、君の考えは非常に尊いな。だが、一つ質問をしてもいいだろうか。公爵夫妻は君が間もなく亡くなると考えているとのことだったが、明確な理由があるのか？」

王太子が初めにした質問が、セリアの身を案じるものだったため、彼女は嬉しそうにふっと微笑む。

「ええ、ありました。けれど、その理由は既になくなりましたわ。ただ、その理由が消滅したことを両親には上手く伝えられていないので、両親はまだ私の身を心配しているのです」

「そうか」

王太子はほっとため息をつくと、安心したように微笑んだ。

そんな王太子に対して、セリアはきらきらとした瞳を向ける。

「エルネスト様はいつだってお優しいですよね。そして、その優しさでもって、いつだって国民のためにと尽力されていますよね。だから、私はどうしても『先見』の内容をお伝えしたくて来たのです」

「どういうことだ？」

戸惑った様子の王太子に向かって、セリアはきっぱりと言い切った。

「私は『先見』で見たのです。聖獣が……魔物に襲われて亡くなってしまう未来を！」

35 聖獣「不死鳥」1

「何だって!?」

王太子は驚愕した様子で大きな声を上げた。

「えっ、聖獣が?」

同時に、私もびっくりして声を上げる。

なぜなら聖獣が亡くなる可能性について、これっぽっちも考えたことがなかったからだ。

私がプレイした乙女ゲームの世界では、今から1年後の未来にも、聖獣はしっかり生きていた。

そのため、聖獣が存在し続けることについて、疑問を抱いたこともなかったのだ。

……けれど、と考えながら、私は唇を噛みしめる。

実のところ、少しずつゲームの世界とこの世界がズレてきているのは感じていた。

亡くなるはずだったセリアが生きているし、ゲームの中にはなかった『世界樹《ユグドラシル》の魔法使い』や『四星』といった存在が登場しているのだから。

他にも足に後遺症が残ったはずのラカーシュが無事だったり、だらしのない2級品だった兄が特級品に変わったり、といった違いがいくつも見られるのだ。

もしかしたらこの世界は、ゲームの世界と同じもののように見えて、実際は非常に似通った異なる世界なのかもしれない。

あるいは、何らかの異分子が混入したことで、ゲームの世界が変化し始めたのか。

いずれにしても、「ゲームの中ではこうだったから、この世界でもこうなる」とは、もはや言い切れないように思われる。

つまり、聖獣が1年後も無事かどうかは分からないのだ。

けれど……聖獣が無事でなければ兄の腕は戻らないし、聖山には再び魔物が棲み付いてしまうし、聖獣の存在に安心感を覚えている国民の希望が失われてしまう。

「セリア様、『先見』で聖獣が魔物に襲われるところを見たとのことですが、どのような状況だったか分かりますか？」

何かできることはないだろうかと考え、セリアに質問すると、彼女はぶんぶんと大きく首を縦に振った。

「ええ、お姉様！　辺りは真っ暗闇だったので夜でした。そして、相手は2頭いましたわ」

「まあ、2頭も！」

「ええ、ですが、どのように攻撃されたかは分からないんです。聖獣が襲われた次の瞬間、『先見』は新たな場面に切り替わってしまいましたから。そして、その場面では既に、聖獣はボロボロの姿で地に伏していました」

「そうなんですね。いずれにしても、眠っているところを2頭で襲うなんて卑怯な魔物だわ！　というよりも、『鳥目』と言うくらいだから、暗闇の中で鳥は目が見えないわよね。その弱点を狙ったのだとしたら、さらに卑怯だわ。い、いいえ、聖獣を鳥と同じ扱いにしていいかは分からないけど」

腹立たし気に感想を漏らすと、ラカーシュが冷静に訂正してきた。

「ルチアーナ嬢、『鳥目』というのはただの言い回しだ。多くの鳥は夜でも目が見える」

「えっ！」

そ、そうなの？　知らなかったわ。

「恐らく不死鳥も夜目は利くはずだ」

そ、そうなのね。知らなかった……。

大いなる勘違いを披露した私は、これ以上無知を晒してはいけないと考えて口を噤むことにする。

そのため、それ以降は黙って話を聞いていたところ、聖獣が襲われる日時は特定できないけれど、襲われる時間帯は日没から夜明けまでで、場所は聖山の頂付近らしいということが分かった。

誰もが聖獣の守護を最優先事項と考えており、日時が分からないのであれば、早速今夜から毎晩、夜の間は聖獣の近くで過ごそうということで話がまとまる。

準備を整え、日が暮れる前に転移陣で聖山の頂に移動しようと計画を立てていたところ、突然、セリアが自分は同行せずにリリウム城に残ると言い出した。

「私はここへ残ります。転移陣は一度に3名しか使用できません。そうであれば、エルネスト様、お兄様、お姉様の3名が行くべきです。それに、3名全員が突然いなくなったら、どんな説明を受けたとしても生徒たちは動揺するでしょう。私はここに残って、皆様をフォローしておきます」

きっぱりとそう言い切ったセリアは、高位貴族のご令嬢として立派な責任感を持っているように見えた。

セリアとの最終調整も終わり、さあ、出発しようという時になって、王太子の側近や騎士、魔術師たちが詰めかけてきた。

セリアが述べたように、聖山への転移陣は1度に3名しか使用できないため、王太子とラカーシュ、私の3名で向かうことに苦情を申し立てに来たのだ。

この3名にプラスして、騎士や魔術師たちを同行できればよかったのだけれど、魔術陣と同じように、転移陣も1度使用した後は、一定の時間を置かないと再度使用することができない。

そのため、王太子を護衛する騎士や魔術師、彼の身の安全を案じる侍従たちが、王太子の代わりに聖山に行くと主張し始めた。

けれど、王太子は全く聞き入れる様子がなく、一顧だにしていない。

困った私は、どうしたものかしら、と視線をうろうろさせた。

なぜなら私がお粗末な火魔術しか使用できないことは周知の事実なので、このまま王太子が彼らを突っぱねていると、私の代わりに彼らが同行すると言い出す未来が見えるような気がしたからだ。

そして、そう主張された場合、「私の方が役に立ちます！」と、面と向かって言い切れる自信が私にはなかった。

フリティラリア城で「風花」の魔法を発動した時も、虹樹海で「藤波」の魔法を発動した時も、どちらもギリギリの状態で何とか行使することができただけなのだから。

そして、残念なことに、私は未だもって魔法の発動方法がよく分かっていなかった。

カドレア城から戻った後、１人で魔法の練習をしてみたけれど、１度も発動することができなかったのだから。

そのため、ここは皆さんに貴重な１席を譲るべきだろうか、と行動を決めかねていると、セリアがぎゅっと手を握ってきた。

「お姉様、ここは私たちが引き受けますから、お姉様はいったんこの部屋から退出してください。我こそはと考えている騎士や魔術師たちから、『自分と代わってくれ』と言い出されたら、対応が大変ですから」

「セリア様……」

そのいかにも私が同行することが決定事項とばかりのセリアに、自信を持ち切れない私は弱々しく呟く。

けれど、セリアは私の自信のなさをはねつけるかのように、きっぱりと言い切った。

「侯爵令嬢であるお姉様を、危険な場所に向かわせることは非常識だと、十分理解しています！ですが、私は幼い頃から、王家の皆様がどれほど聖獣を大切にしてきたかを見てきました！　聖山ではお姉様の力が必ず必要になります！　どうか私を救ってくれたように、聖獣を救ってください!!」

セリアの言葉は迷っていた私を後押しするのに十分な、力強いものだった。

「そう……その通りだわ。私にできることがあるのならば、精一杯やらないと」

私は自分に言い聞かせると、セリアにお礼を言って部屋を出た。

その際、「私は転移陣のところで待っていると、お2人に伝えておいてください」とセリアに伝言を頼む。

すると、セリアから何か言いたげに見つめられた。

そのため、もしかしたらセリアには、まだ何か心配ごとがあるのかもしれないと思ったけれど、彼女は何でもないと話を打ち切ったため、私は首を傾げながらも、1人で転移陣が描かれている部屋に向かったのだった。

転移陣がある部屋に到着すると、既に話が通してあったようで、扉を守る騎士たちから中に通された。

部屋の中には、王宮へ通じる転移陣や、辺境伯領へ通じる転移陣——この城は、有事の際の脱出用も兼ねているので、隣国との国境付近へ通じる辺境伯領への転移陣もあるのだ――に交じって、聖山へつながる転移陣が設置してあった。

両手で荷物を抱えたまま、聖山へつながる転移陣の前で待っていると、しばらくして扉が開き、王太子とラカーシュが現れた。

2人きりで、誰も付いてきていない様子から、どうやら皆を納得させられたみたいね、とほっと胸を撫で下ろす。

けれど、私を見た途端、2人ははっきりと眉根を寄せた。

「どうかしましたか？」

何かまずいことでもあったのだろうかと心配になって尋ねると、王太子が難しい顔をしたまま口を開く。

「もちろん、どうかしたに決まっている。なぜ君は正確に、聖山につながる転移陣の前に立っているのだ？　そもそもこの部屋の場所すら秘密にしていたはずで、君がこの部屋に辿り着けたことが驚愕に値する。もっと言うならば、この城に転移陣があることすら秘密にしていたはずなのだが、君はセリアが転移陣で移動してきたという話を、当然のこととして受け入れていたな」

「えっ！」

王太子が次々と口にする言葉を聞いて、こういうところだわと反省する。

王太子、ラカーシュ、セリアの全員が、当然あるべきものとして転移陣を扱っていたので、私もつられて、既知のこととして扱ってしまったけれど、確かにどれも私が知るはずのない情報だった。

2人が疑わしい表情で見つめてくるのは、当然のことだろう。

そして、先ほど、『私は転移陣のところで待っている』と発言した私を、セリアが物言いたげに見つめていたことも当然だろう。

これはまずい、と思った私は、誤魔化すための言葉を口にする。

「か、勘と想像です！　私だったらこのお城の、この部屋の、この場所に転移陣を設置するかしら、なんて勝手に想像していたら、たまたま当たったというか……」

自分で話しながら、妄想でここまで具体的に思い浮かべるとしたら、私は絶対に近寄りたくないタイプだわと思う。

けれど、2人は私よりも許容範囲が広かったようで、ため息一つついただけで、それ以上は追及してこなかった。

あるいは、これから聖山に向かうので、無駄な時間を使いたくなかっただけかもしれない。

「騎士や魔術師たちは、徒歩で聖山を登ることに同意した。1日か2日もすれば、皆は山の頂に辿り着くだろう。私たちは夜毎に転移陣で聖山を訪れる予定だから、上手くいけば、明日の夜からは皆と合流できる」

王太子はそう説明すると、転移陣の上に立つよう促してきた。

そのため、ラカーシュと私は王太子とともに転移陣の上に立つ。

王太子が陣発動の呪文を口にすると、転移陣は光を放ち、私たちは一瞬にしてリリウム城から消え失せたのだった。

【挿話】カレル、ルチアーナのゲーム回答票を採点する（同席者：エルネスト&ラカーシュ）

深夜の時間帯、生徒会役員であるカレルは、生徒会室にて徹夜覚悟で仕事をしていた。

というのも、本日の収穫祭で実施した、『収穫祭♥甘い言葉収集ゲーム』の人気の高さが尋常でなく、女子生徒たちは恐ろしいほどに過熱していたからだ。

そして、彼女たちはじりじりとした様子で、ゲームの結果を知りたがっていたからだ。

そのため、これはもう、明日にでも結果を発表しないと大変なことになる、と状況を正しく感じ取ったカレルが、必死にゲームの回答票を採点していたのだ。

彼の目的はできるだけ早く処理することなので、〇か×かだけかを確認し、中身については考えることなく機械的に採点していたのだが、連続で何問も間違えている回答用紙があったため、疑問に思って氏名欄を見ると、見知った名前が記載してあった。

「ルチアーナ・ダイアンサス!!」

彼女は最近、生徒会の仕事を手伝ってくれている侯爵令嬢で、このゲームの発案者でもあった。

発案時に、内容についてとうとうと語っていた熱意の高さから、間違いなくルチアーナ嬢もこのゲームに参加していると思っていたが……。

「わっ、何だこの回答票は!? 自分が言われたい願望駄々洩れのセリフを書いているじゃないか！おいおい、この用紙は夢小説を書く場所でもなければ、妄想を書き留める場所でもないぞ！ というか、願望にしても内容が酷過ぎるな」

回答票を見下ろしながら、カレルが顔をしかめていたところ、ノックの音に続いて扉が開かれた。

「えっ？」

時間帯は夜も更けた深夜だ。

こんな時間に生徒が学園に残っているはずはないし、ましてや生徒会室を訪れようと考える生徒など皆無のはずだが……。

不審に思いながら顔を上げたカレルだったが、戸口に立っている2人を目にした途端、椅子から立ち上がると大きな声を出した。

「エルネスト会長？ それから、ラカーシュ副会長も!?」

なぜなら生徒会の会長、副会長が揃って戸口に立っていたからだ。

しかも、2人ともに昼間着用していた民族衣装から私服に着替えていたため、一旦寮に戻ったのだろう。

ということは、何か急ぎの用事でも思い出して、2人揃って生徒会室まで戻ってきたのだろうか。

そうだとしたら、よっぽどの重大ごとだな、と考えたカレルは、回答票を投げ出すと慌てて尋ねる。

「もしかして何か緊急事態が発生したんですか?」

しかし、エルネストとラカーシュは返事をすることなく、無言のまま部屋に入ってきた。

それから、珍しく歯切れの悪い様子でエルネストが口を開く。

「いや、その……寮から、この部屋の灯りが点いているのが見えたため、深夜までご苦労なことだと思って、様子を見に来ただけだ」

エルネストの言葉を聞いたカレルは、ぱっと表情を明るくした。

「えっ、オレのことを気に掛けてくれたんですか? 光栄です!」

そんなカレルに、ラカーシュも心配する声を掛ける。

「カレル、さすがにもう遅い。そろそろ切り上げたらどうだ?」

2人から温かい言葉を掛けられ、嬉しくなったカレルは笑みを浮かべた。

「1日くらい無理をしても大丈夫です! というか、『甘い言葉収集ゲーム』にかける女子生徒の情熱にはただならないものがありますので、これは一種の自己防衛です。さっさと採点して、結果を発表しておかないと、女子生徒から結果はまだかとせっつかれること間違いないようですから」

カレルの言葉に2人はびくりと体を跳ねさせる。

それから、エルネストは暗い表情で尋ねてきた。

「そうか、ゲームの採点をしていたのか。それで……何かおかしな点はなかったか?」

エルネストの言葉を聞いたカレルは、先ほどまで座っていた席に戻ると、テーブルから1枚の紙を取り上げる。

「それが、ルチアーナ嬢の回答票を採点していたところなんですが、これが酷くてですね！」

「……酷いというと？」

エルネストは用心深い表情を浮かべると、カレルの正面に座った。

エルネストの隣には、ラカーシュが無言で腰を下ろす。

そのため、カレルも元の席に座ると、真顔で彼を見つめてくる2人を見返した。

カレルはエルネストとラカーシュが自分のことを心配して様子を見に来てくれたと信じて疑わなかったため、嬉しさを覚えていた。

その感情に深夜特有のハイテンションが加わり、彼を心配してくれた2人に面白い話を提供したい気持ちになる。

そのため、カレルは芝居がかった様子で両手を広げた。

「何とルチアーナ嬢は、自分が言われたい願望のセリフを記入しているんですよ！　細かな言い回しを間違えている回答はいくつもありましたが、ここまで全く正解と異なるセリフを書いている回答票は初めてです！　しかも、1箇所だけでなく、全ての箇所が間違えているんですから!!」

そう言うと、カレルは手に持った回答票に視線を落とす。

「たとえば会長の『定型文』は『白百合も君の前では形無しだ』じゃないですか。それなのに、ルチアーナ嬢は『……君はすごいな。絶対に翻弄されまいと身構えていた、私の心を乱すとは。……君は美しいのだから、そのように微笑むのは止めた方がいい。誤解する男性が出てくるぞ』と書いているんです！　ははは、なげーよ！　そして、会長がそんなセリフを言うかってーの!!」

「ああ！」

エルネストはうめき声を上げると、片手で顔を覆った。

そんなエルネストの姿を、ラカーシュが信じられないとばかりに見つめる。

「エルネスト、お前はルチアーナ嬢に気がないんじゃなかったのか？」

「ないさ！　あるはずがない！　だが、その、彼女から思わぬ言葉を掛けられて、動揺したのだ」

2人がぼそぼそと言い合っている間に、カレルは「それから」と続ける。

「副会長の『定型文』は『君は私に黒百合を連想させる』ですが、ルチアーナ嬢は『何てことだ！君の美しさが、香りとなって漏れ出ているぞ。ああ、これは間違いなく、男子生徒をダメにする香りだ。ルチアーナ嬢、これ以上その香りが漏れないよう、今すぐこれを体に巻き付けなさい』ですよ！　こっちも長すぎだっつーの！　ここまで細かくセリフを作り上げるなんて、どんだけ妄想を働かせているんですかね!!」

「ラカーシュ……」

今度はエルネストが、酷いものを見る目でラカーシュを見つめる。

一方、ラカーシュは必死な様子で言い返していた。

「仕方ないだろう！　私はただでさえ彼女に傾倒しているのに、あのような格好で目の前に立たれてみろ！　どうやって抵抗しろというのだ!!」

　2人の言い合いは小声だったため、カレルは気付かない様子でさらに続ける。

「他にも、1年のルイス・ウィステリアですが、『定型文』は『藤の花以上に美しいと思うものが、この世にあるのだね』だというのに、『油断大敵だよ、ルチアーナ嬢！　僕だって、たまには君を慌てさせないとね』ですよ！　いやー、会長や副会長のように年上のイケメン狙いかと思ったら、年下の美少年相手にも妄想を膨らませるなんて、ルチアーナ嬢の守備範囲はどんだけ広いんですかね!?」

　すると、ラカーシュはカレルの言葉の後半部分に着目し、すっと目を細めた。

「……慌てさせる？　一体、ルイスは何をやったんだ」

「え？　副会長、何か言いましたか？」

　その時になって、カレルはやっとラカーシュが何事かを呟いたことに気付き、質問したが、ラカーシュは何でもないと片手を振る。

「いや、カレル、続けてくれ」

「あっ、副会長も面白くなってきました？　ははは、そうですよね！　ここまで違うと、もう笑ってきますよね！　次は、3年のサフィア・ダイアンサスですが、正解は『撫でたいくらい可愛らしい子だね』ですが、ルチアーナ嬢が書いたのは、『ほら、これでお前は私のものだ』です！　あれ？　でも、サフィア殿ってルチアーナ嬢のお兄さんですよね。何だこりゃ？　兄相手にも、変な妄想をしているのか？」

それとも、ルチアーナ嬢は頭の中で、兄妹でもこのセリフが成り立つ特殊設定を組み立てているのかな？

そうぶつぶつと独り言を言うカレルに対して、難しい顔をして黙り込んだラカーシュの隣から、エルネストが声を掛ける。

「カレル、とりあえず次をいけ。話題を変えた方がよさそうだ」

「あ、はい。というか、次が最後ですね。とどめはシークレットゲストのジョシュア・ウィステリア陸上魔術師団長になります。正解は『私があなたに魅了されそうだ』だというのに、ルチアーナ嬢が書いた答えは、『お慕いしていますよ、私の美しくも残酷なあなた』ですよ！　ははは、すげー、もう妄想大爆発もいいところですよ!!」

「……それは」

ラカーシュはぴくりとこめかみを引きつらせると立ち上がった。

それから、どんっとカレルの目の前のテーブルに片手を突く。

「それは、さすがに告白だな！　一体、どういうことだ!?」

「えっ？　ふ、副会長？」

見たこともないほど剣呑な表情をしているラカーシュを見て、カレルは驚いたように目を見開いた。

あれ、自分は何か失言をしただろうかと思ったが、ただゲームの回答票を披露しただけだ。

しかし、どう見てもラカーシュは怒っている様子なので、もしかしたらジョシュア師団長のことを尊敬していて、ルチアーナ嬢が彼らしからぬセリフを記載したことに立腹しているのかもしれないと考える。

そのため、カレルは取りなすように両手を上げた。

「やだなあ、もちろんルチアーナ嬢の妄想ですよ！　清廉で高潔なジョシュア師団長が、女子学生相手に告白まがいのことをするはずがないじゃないですか!!　ほら、会長、副会長のセリフも妄想ですしね!!」

自分の発言を補強しようと、最後に目の前の2人のことを付け足したカレルだったが、まさかその言葉を聞いた2人が、どんよりとした雰囲気に陥るとは思ってもみなかったようだ。

「ああ、確かに内容が酷過ぎるので、妄想だと勘違いする気持ちは分かるが……」

「というか、皆がここまで発言すると分かっていたら、私ももっと攻めるべきだった……」

2人の反応はカレルの予想と異なり過ぎていたため、全く理解できなかったものの、それらの内容を理解すると彼の心臓に負担がかかることをカレルは野生の勘で察知する。

そのため、カレルにしては珍しく、理解できなかった2人の言葉の意味を問いたださなかった。

それから、話題を変えた方が得策だと悟ったカレルは、雰囲気を変えるかのように明るい声を出す。

「ようし、頑張って続きを採点しようかな！　会長、副会長、あと少しで終わりますので、オレのことは気になさらないでください」

するとエルネストとラカーシュは元気のない様子で立ち上がった。

「そうか、……大変だとは思うがよろしく頼む。私とラカーシュはルチアーナ嬢の採点結果について相談することがあるので失礼する。では、カレル。また明日」

エルネストの言葉に首を傾げたカレルだったが……すぐに、これは王太子特有のお洒落な言い回しで、実際には、今聞いたルチアーナ嬢の酷い妄想回答について、2人で笑い合うのだなと解釈した。

あまり趣味がいいとは言えないが、2人とも毎日授業と生徒会で忙しくしているのだから、少しくらいの娯楽は必要だろう、と考えながらカレルは笑顔で2人を見送る。

「はい、お任せください！　それでは、お2人とも、今日は収穫祭ですから、楽しい夜を！」

「あっ、ああ」

「そうだな。カレル、君もよい夜を」

明らかに意気消沈した2人を目にし、カレルは不思議に思ったが、元来、深く物事を考えない性格のため、次の瞬間には回答票の採点に意識を奪われていた。

そして、そんなカレルの収穫祭の夜は、残念なことに、ゲームの採点をするだけで終わってしまったのだった。

しかしながら、エルネストとラカーシュの２人は、その夜を絶望的な気分で過ごしたため――収穫祭の夜の過ごし方としては、カレルの方がまだましだったと言えよう。

ルチアーナ、兄の怒りの沸点を確認する

先日、『兄は私にものすごく甘い』ということを、私は改めて実感した。

失った兄の片腕を元通りにするため、聖獣の力を借りようと王太子へ接近していたところ、その場に兄まで現れたからだ。

それだけでなく、兄らしい飄々《ひょうひょう》とした態度に目を奪われていた間に、肝心なところを全て手伝われてしまった。

私のせいで兄は片腕を失ったのだから、私が1人でやらなければならないことだったのに。

そのため、ありがたいと感謝する気持ちと同時に、『兄は過保護過ぎる』という気持ちが湧いてくる。

そして、私は理解した。

『悪役令嬢と過保護な兄は、組み合わせが悪すぎる！』と。

恐ろしいことに、悪役令嬢である私は、悪役らしく振る舞う特質を持っている可能性がある。

そのため、悪役令嬢を厳しく戒める者が必要になってくるというのに、私がどんなに悪いことを

しても、サフィアお兄様が私を激しく叱るイメージが湧いてこないのだから。

もちろん私が悪役令嬢道を進むとしたら私が悪いのだけれど、全く私を叱らないことで増長させている兄も、その一端を担っているように思われる。

兄の行動は私を助けているようで、長期的にはダメにしているのだ！

そう考え、是正しようと正面から頼んでみたけれど無駄だった。

「お兄様、あまり甘やかさないでください！　このままでは、私はダメな人間になってしまい、行き遅れて、お一人様人生を送るしかなくなりますわ」

「ふむ、その場合はきっと私もお一人様だから、合わせれば2人になるさ」

兄の発言内容を聞く限り、私の要望を全く理解していないし、聞き入れるつもりもないようだ。

そのため、これは簡単にいかないわね、と即時解決を諦めたのだけれど、いつまでも放置しておくわけにもいかない。

私は現状を把握しようと、まずは兄の怒りの沸点を確認することにした。

つまり、兄はどこまで私の悪役っぷりを許容して、どこからなら注意をしてくれるのだろうかと、その限界点を見極め、結果に従って今後の対策を練ろうと考えたのだ。

――――その日、夜遅い時間にもかかわらず、ダイアンサス侯爵家の応接室で私は待機していた。

兄が眠る前にはよく応接室で本を読むことを知っていたため、そんな兄に注意されるべく、応接室のソファにだらしない格好で寝そべっていたのだ。

すると、予想通りやってきた兄が、まんまと狙い通りのセリフを口にした。

「やあ、ルチアーナ、まだ起きていたのか？　というよりも、ドレス姿だということは、まだ湯浴みをしていないのか？　お前は髪が長いから、乾かすのに時間が掛かるだろうし、濡れたまま眠ると風邪を引くから、早めに入るべきだったのに」

私は怠惰な雰囲気を醸し出しながら、我儘そうな声を出す。

「ですが、お兄様、お風呂に入るのは面倒です。数日間くらいでしたら、お風呂に入らなくても困りませんわ」

悪役令嬢というよりも、怠け者令嬢のセリフに思われたが、侍女や料理人に迷惑を掛けない悪役の行いが他に浮かばなかったのだから仕方がない。

『侯爵令嬢ともあろう者がその行いはいかがなものか。皆の憧れと手本となるべく、もう少し勤勉になりなさい！』

……うーん、兄は私に甘い気がするから、口にしたとしてもこの程度じゃないだろうか。

そう予想しながら、兄の言葉を待っていると、どういうわけか兄はすたすたと私の前まで近付いて来て、躊躇することなく私を抱え上げた。

「ひあっ？　おおおお兄様!?」

一体何が起こったのか分からず、目を白黒させていると、兄は私を抱えたまま、すたすたと応接室から出て行く。

「動くのが面倒なようだったから、私の怠惰な妹を抱えて運んであげることにしたのだ」

「えっ、どどどこに？」

「もちろん私の浴室だ」

「おおお兄様の浴室!?」

ダメだ。抱えられていることに動揺して、頭に血が上っているのか、兄の言葉を理解できない。どうして私はお兄様の浴室に連れていかれるのかしら？　どんな流れでそんな話になったのかしら??　そもそも、なぜ私はお兄様に抱き上げられているのかしら!?

「お前のことを強く言えないのは、私もこれから湯浴みをするところだったからだ。しばらく前に、風呂に入ると言い付けてきたから、既に湯が張ってあることだろう。だが、お前はどうせまだ風呂の準備もしていないのだろう？　今から湯を溜めさせていたのでは、湯浴みの時間がさらに遅くなるぞ」

「だ、だから……」

「だから、今夜は私の部屋で湯浴みをしなさい」

「へあっ!?」

驚愕して硬直した私を知らぬ気に、兄は廊下で出会った侍女に、私の専属侍女を兄の部屋に呼んでくるよう言い付けていた。

その際、私の夜着を持ってくるよう、しっかり念を押している。

「いやいやいや、落ち着いてください、お兄様！　お風呂くらい自分の部屋で」

「ルチアーナ、今夜お前を自室で入浴させ、その結果、お前が風邪を引いたならば、私は間違いなく後悔するだろう」

兄は歩きながら視線を下げると、私の顔を見つめたまま、噛んで含めるように言い聞かせてきた。

けれど、その距離はあまりに近過ぎる。

そして、兄の顔はあまりに整い過ぎている。

ああ、どうしよう。兄の顔がキレイ過ぎて、声がよ過ぎて、いい香りまでしてきて、頭がくらくらするわ。

「しっ、しません！　絶対に、何があっても風邪を引きません！　お約束しますから!!」

私は必死で約束したけれど、兄の楽し気な声に希望を打ち砕かれる。

「残念なことに、少し遅かったようだな。私の部屋に入ってしまった」

兄はそのまま私を脱衣室まで運ぶと、丁寧な手付きで私を床に下ろし、にこやかに見下ろしてきた。

「ドレスの脱衣を手伝うことはさすがに躊躇われるが、髪飾りであれば問題ないだろう。少しでも早く入浴の準備が整えられるよう、侍女が来るまで私が手伝ってやろう」

「ひいいいい！」

ダメだダメだダメだ。そんなことをされたら、魂が抜けてしまう!!

私は進退窮まった思いで、壁に張り付きながら兄を見上げる。

「ルチアーナ、髪飾りだけだ。お前のために、私に外させてくれ」

「だだだだだ…………」

いちいちセリフが紛らわしい。

兄は尋常じゃなく麗しい顔と声とスタイルをしているので、もっと慎重に言葉を選んで、一片の誤解も招かないような発言をすべきだというのに。

至近距離から覗き込んでくる兄のあまりの艶っぽさに、声も出せなくなったところで、私の侍女が脱衣室に現れた。

「ルチアーナお嬢様、まあ、今日はこちらで湯浴みをされるのですか?」

「あああ、命が救われたああああ」

私は侍女に抱き着くと、ぎゅうぎゅうと抱きしめた。

「お、お嬢様?」

戸惑う様子を見せる侍女に抱き着いたまま、私はきっと兄を睨み付ける。

「お兄様、浴室をお貸しいただきありがとうございました! 後はもう何もかも大丈夫です!!」

「……そうか、湯冷めしないように気を付けるのだぞ」

にこやかな様子で出て行った兄を、私は無言のまま見送った。

それから、やってきた侍女に助けられて、私は入浴したのだけれど……。

兄の浴室を見た途端、私は絶句した。なぜならとんでもない代物だったからだ。

部屋の隅々に置かれている灯りが、浴室全体を間接的に照らすようになっていて、ただでさえムーディーな空間だというのに、バスタブに張られたお湯はワイン色をしていて、さらには色とりどりの花が浮かべてあったのだから。

「すごいわ、これがお貴族様のお風呂なのね！　さすがはお兄様。（元庶民の私とは違って）生粋のお貴族様の生活は違うわねー」

同じ邸に住んでいるのに、生活スタイルに差が生じる原因は、やっぱり本人のレベルの問題なのかしら、と思いながら恐る恐るバスタブに体を沈めてみる。

すると、湯温は適温だし、お湯質はとろりとしているし、浮かべてある花たちのいい香りが漂ってくるしで、最上級に気持ちがよかった。

「ああー、お兄様は毎日、こんな天国を味わっていたのね。いいわー、このお風呂いいわー。よく分からないけど、お兄様はこういうお風呂からすごいエキスを吸い取って、あんな風に人外な美貌を保っているんだわ」

あまりの気持ちよさに、心の声が漏れ出るのを止められない。

私は普段以上に長い時間をかけて湯船に浸かると、心から満足して浴室を後にした。

夜着の上にガウンを羽織り、全身ぽかぽかになってにこにこしながら脱衣室を出ると、兄が待っていた。

兄は私をスツールに座らせると、手際よく髪を拭いてくれる。

「やあ、ルチアーナ、風呂に入るまでは億劫だったようだが、実際に入浴してみると気持ちがいいものだろう？」

「…………」

兄の諭すような言葉を聞いて、はっと現実に立ち返った私は、返事ができずに黙り込む。

しまった。普通にお風呂を楽しんでしまった。

まさか今さら、兄の怒りの沸点を確認するために、怠け者の振りをしたとは言い辛い。

しかも、試してみたものの、結果が全く出なかったのだ。

なぜなら兄は怒る素振りすら見せなかったため、兄の怒りの沸点はものすごく高いことが分かっただけで、沸点がどの辺りにあるのかは全く分からなかったのだから。

そのため、本来ならば、『では次に』と新たな試みをしてみるべきなのだろうけれど、たった1回試みただけで、兄を怒らせることは不可能な気持ちになり、再びやってみようという気力が湧いてこない。

残念ながら、志半ばではあるものの、ここで戦略的撤退をすべきかしら、と弱気になっていると、兄がふっと微笑んだ。

「ルチアーナ、聞くつもりはなかったが、浴室の声はよく響く」

「えっ？　あっ、えあっ!?」

まさか先ほど浴室の中でぺらぺらと口にしていた、『生粋のお貴族様の生活は違うわねー』とか、『お兄様はこういうお風呂からすごいエキスを吸い取って、あんな風に人外な美貌を保っているんだわ』とかいった言葉を聞かれたのだろうか。

「えっ、いえっ、お兄様の浴室はリラックス効果があるようで、いつの間にか口からぺらぺらと……」

それはさすがに恥ずかしいと思い、言い訳の言葉を口にしていたところ、兄はまだ湿っている私の髪を一房手に取り、遊ぶように指に巻き付けた。

「悪いな、ルチアーナ。妹とはいえ貴族令嬢の独り言だ。普段ならば聞こえていない振りをするところだが、お前の目に私が美しく映ると聞いて、私の顔はお前の好みなのかと嬉しくなったようだ」

「えっ!?」

私の好みというか、万人が万人とも美形と認めるような、間違いのない美貌を持っているということだと思うのだけど。

「それから、一つ訂正をすると、私がお前好みの顔を維持しているとしたら、それは風呂から何らかの効能を吸収しているからではなく、私の大切な妹から少しでも好まれようと努力しているからだ」

「は……っ!?」

兄の発言内容を理解できず、おかしな息を吐く。

そんな私の目の前で、兄は蠱惑《こわく》的に微笑んだ。

「だから、お前が私の顔を好きだというのであれば、私の努力は正しく報われているということだな」

たっぷり10秒ほど沈黙した後、私は普段よりも大きな声を出した。

「…………………………………………へっ、部屋に！　戻ります!!」

「そうか。だが、廊下は寒い。部屋に戻るまでに体を冷やしてしまうかもしれないから、私が」

「結構です！　厚手のガウンを羽織っていますし、その下にはお兄様からいただいたダサ……あったか夜着を着ていますから!!」

私は兄の申し出を最後まで聞かずに固辞すると、侍女とともに慌てて廊下に走り出た。

「ルチアーナ、おやすみ」と兄の声が追いかけてきたものの、聞こえないくらいの小声で返事をすることしかできない。

私は廊下をぺたぺたと早歩きしながら、応接室から始まった一連の行動を反芻した。

……私の行動に悪いところはなかった。

それなのに、なぜ私が兄の浴室を借りることになったのかと言えば、兄が私の想定以上に私に甘かったからだ。

いや、甘いという言葉では説明が付かない。あれはもう……。

「サフィア様はさすがですね！　あれほど入浴を渋っていたルチアーナ様をたちまちお風呂に浸からせることができるのですから」

考えに没頭していたところ、突然侍女から話しかけられたため、びくりと体を跳ねさせる。

「えっ！　そ、そうなのかしら？」

「そうですよ。素敵なお兄様ですね」

ということは、そもそも兄の甘やかしが私をダメにしているという考え方自体が間違いで、むしろ兄の甘やかしにも見える優しさが、私を正しい行動に導いているのだろうか。

「う、う、ううーん、ということは、お兄様は私をダメにしないのかしら？」

「まあ、サフィア様がルチアーナ様をダメにするですって？　そんなことは絶対にあり得ませんよ！」

自信満々にそう言い切った侍女の言葉に、なぜだか納得してしまう。

「そうね。……お兄様が私のためにならないことをするはずないわよね」

そのため、何の根拠もないまま、私はそう口にしたのだった。


――しかし、後日。

何の根拠もなかったため、そして、兄の甘やかしぶりが日に日に酷くなってきたため、兄に甘やかされることが再び心配になった私は、「第2回兄の怒りの沸点確認会」を実施しようと思い立ってしまう。

もちろん、喉元過ぎれば熱さを忘れるで、未来の私は過去の私が兄に翻弄されたことをすっかり忘れていたのだけど……。

言えることは、『頑張れ、私！』ということだ。

【SIDE】ジョシュア師団長「サフィアとともに冒険者になる」

その日、ウィステリア公爵家の馬車の中で、私——ジョシュア・ウィステリアとダイアンサス侯爵家のサフィアは非常に熱心に意見を交わしていた。

「サフィア、お前は正気か？　『最果ての森』に行って、凶悪なる魔物グーロを討伐するだと!?　それも、私とお前の2人でか？　完全なる自殺行為だな!!」

私は王国魔術師の頂点と言われている、陸上魔術師団長の職位にある。

加えて、立場上、多くの魔物討伐の経験があるため、魔物に関する私の言葉には重みがあるはずだが、サフィアは一切重みを感じていない様子で口を開いた。

「やあ、結果的には師団長の言う通り、グーロを倒すことになるのかもしれないが、あくまで目的は石集めのための森林探索だ」

呑気な調子で返してくるサフィアを見て、もしかしたらグーロの危険性を理解していないのではないかと心配になり、口調が乱れる。

「サフィア、どれだけ言い方を変えようとも内容は同じだ！　いいか、グーロに対応するため、我が魔術師団の精鋭が、50名からなる討伐隊を編成して、2週間を超える遠征を予定しているのだぞ！　あの魔物はそれほどの相手だ。ふらっと森に立ち寄って、駆逐できるような代物ではない!!」

「もちろん、分かっているとも」

行儀悪く頬杖を突き、軽い調子で言葉を返すサフィアの様子からは、ちっとも分かっているように見えなかった。

そのため、私は唇を引き結ぶと、ちらりとサフィアの左腕に視線をやった。

――そもそもの発端は、ダイアンサス侯爵邸で発せられたご令嬢の一言だった。

『できればお兄様とお揃いがいいです』

サフィアの妹のルチアーナ嬢が、兄と揃いのピアスがほしいと言い出したのだ。

しかし、サフィアの耳にはまっている透明の石は、どこにでもあるような見かけとは異なり、とんでもない代物なのだ。

なぜならあの石は、生まれたての魔物からしかとれない、特殊な魔石である澄魔石《ちょうませき》なのだから。

そして、魔石の大きさは魔物の強さに比例するので、通常であれば、生まれたての魔物からは砂粒ほどの澄魔石しか取ることはできない。

ピアスにできるほどの大きさの澄魔石を入手するためには、強力な魔物の子を倒す必要があるのだが、強い魔物ほど子育てをする傾向にある。

そのため、高確率で親の魔物も倒さなければならなくなり、常識的に考えて、2人ぽっちで倒せる相手ではないのだ。

そのことが分からないサフィアではないだろうに、『妹からねだられたのだから、兄として叶えないわけにはいかない。森林探索に行こう』と言い出した。

その際にサフィアが『ちょうどいいリハビリだ』と口にしたため、思わず頷いたことが、現在このような状況に陥っている原因なのだが……。


――――最近、サフィアは利き腕を失った。

そして、その原因は我がウィステリア公爵家にあった。

そのため、隻腕になり、魔術の威力が低下したサフィアの助けになりたいと思ったのだが、リハビリに付き合おうと返事をした時の私は、彼がレベルの低い魔物を倒すことで、段階的に魔術の訓練をしていくものだと考えていた。

全くの勘違いだということは、すぐに判明したが。

なぜなら馬車に乗って行き先を確認した途端、サフィアは顔色も変えずに、最上級に凶悪な魔物の子を討伐するつもりだと口にしたのだから。

何を馬鹿げたことを言っているのだと思った私は、それならばと、数日前に得たばかりの凶報を披露する。

「凶悪な魔物の子と言えば、『最果ての森』でグーロが子を産んだらしい。お前も知っての通り、グーロは大喰らいの四足獣だ。常日頃から、何でも腹に詰め込む旺盛な食欲を見せていたが、子を産んだことで尋常じゃないほど食欲が増し、手が付けられなくなっているらしい」

さすがにここまで凶悪な魔物が相手であれば、サフィアも諦めるだろうと思っての発言だったが、彼は興味深そうに片方の眉を上げただけだった。

「ふむ、グーロは何だって食すから、魔物もその対象に入っているはずだ。だとしたら、ここで討伐するのは早計ではないか？　あの森は魔物たちの巣窟になっているから、魔物を間引けるとしたら助かる話だろう」

グーロを討伐するならば、森の魔物をたらふく食べてもらった後でもいいだろう、と続けるサフィアを見て、少しは冷静になってきたようだなと安心する。

「通常ならばその考え方で問題ないが、子を産んだことでグーロの行動が変化している。一時的なものだとは思うが、縄張りを超えて活動しているのだ。魔物は種別によって、大まかな棲み処が決まっている。そのため、グーロが縄張りの中でだけ行動していたら、決まった種別の魔物しか食せない。恐らく、グーロは生まれた子に様々な栄養を与えるため、森を横断しながらあらゆる種類の魔物を喰らっているのだ」

たったそれだけの情報で、察しのいいサフィアは私の懸念事項に思い至ったようだ。

「森の入り口付近には、冒険者が多く集まる町があったな？」

「ああ、ドガの町だ。冒険者たちに言わせると、『最果ての森』は魔物の宝庫らしい。あの森に棲む魔物は高レベルのものが多いから、ドガに集まる冒険者の多くは上級者で金回りがよく、多くのお金を落としていく。あの町は、そんな冒険者のおかげで栄えた場所だ」

丁寧に説明すると、サフィアはズバリと核心的な言葉を口にした。

「ふむ、師団長はグーロが森を出て、ドガの町を襲う危険があると考えているのだな？」

正確に言い当てられたため、思わずびくりと体を強張らせる。

それから、サフィア相手に誤魔化しようもないなと考え、正直に肯定した。

「ああ、可能性は小さくないと考えている。何せグーロの移動速度が尋常じゃない。この3日間で、森の半分近くを横断している。このままのペースで移動すると、最速で3日後には森の入り口に辿り着くだろう。そして、通常であれば、あのレベルの魔物が森を出ることはないのだが、今のグーロはできるだけ多くの種類の生物を食すことに執心しているから、町の家畜や人を襲う恐れを捨てきれない」

「そうであれば、グーロが森を出る前に、何らかの手を打つ必要があるな。師団の魔術師を率いて討伐に行くのか？」

サフィアの的確な質問を受け、今さら隠す話でもないなと思った私は、機密事項である計画を口にする――――それは、サフィアを信頼しているからこそできる行為だった。

「ああ、皆で森の中まで入っていくのは効率が悪いし、行き違う恐れがあるため、3日後に森の入り口で待ち伏せし、迎え撃つ予定だ」

私の言葉を聞いたサフィアは足を組むと、にやりと笑いながら髪をかき上げた。

「だとしたら、今から『最果ての森』に石集めに行くべきだな。私の怪我を心配して、何人もの魔術師団員が見舞いに来てくれた。その礼も兼ねて、彼らの重荷を取り去ってやるとしよう」

面白そうに言葉を発したサフィアのせいで、冒頭のセリフにつながるのだが……私は馬鹿げたことを言うなとばかりに言葉を続ける。

「サフィア、お前は自分で口にしたように、利き腕を失ったことを忘れるんじゃない！　その状態で『最果ての森』に入り、グーロを相手にするのは自殺行為だ!!　それに、今言ったように、魔術師団が予定しているのは、2週間の『遠征』であって『討伐』ではない。必ずしもグーロを打ち取れるとは考えておらず、時間を掛けて森の奥深くに追い返すことを最終目標にしているのだ」

「ふむ、私の場合は澄魔石の採取が目的だから、打ち取る必要があるな。ところで、魔術師団にはあの森につながる転移陣があったと記憶しているが」

「サフィア、お前……」

その後、多くの会話が交わされたが、勝者はサフィアだった。

なぜなら1時間後、2人で魔術師団の建物内にある転移陣から、『最果ての森』まで転移したのだから。

◇　◇　◇

「いいか、サフィア、お前は利き腕を失って、魔術の威力が数分の1にまで落ちている！　そのことをゆめゆめ忘れることなく、決して無茶をするんじゃないぞ!!　そもそも件《くだん》の魔物に対する本命行為は、3日後に行う師団での遠征だ！　本日はその事前視察を行うのであって、決して魔物を打ち取るつもりはないからな！　危険だと判断したらすぐに戻るぞ」

「やあ、そんな心構えでは、打ち取れるものも打ち取れないぞ」

森の入り口でサフィアと言い合っていると、その場にいる冒険者全員から視線を向けられた。

それほど騒いだ覚えはないのだが、と注目を浴びたことを訝しく思っていると、冒険者たちはにやにやとした薄ら笑いを浮かべながら、聞こえよがしな声を上げてくる。

「おいおい、あの2人組は何のつもりだ？　貴族が物見遊山に来たにしても、あの格好はねえだろう！　鎧や防護服を着てくるべきところに、絹の服を着てきているぞ!!」

「ははは、2人ともすっげーべっぴんさんじゃねぇか。見たこともないようなびらびらの服を着ていることだし、ここを王宮と勘違いしているんだろうよ！」

私たちを遠巻きに眺めている冒険者たちの言葉を聞いて、思わず自分の服を見下ろすと、目に映ったのはいつも通りの服装――――宝石やフリル、レースが付いた高級仕立ての貴族服だった。

冒険者たちが言うように、屋敷の中でくつろぐ格好としてはいいのだろうが、『最果ての森』を訪れる格好では決してない。

「サフィア、この服で『最果ての森』に踏み入るのは、誰の目にも無謀な行為に映るようだぞ！ ああ、やはり魔術防護が施された師団服を着てくるべきだった!!」

「おやおや、ジョシュアは人の目を気にするタイプだったのか。仕方がない、特別に私の装飾品を分けてやろう」

そう言うと、サフィアは抱えていた袋の中から装飾品を取り出し、その半分を私に手渡した。

ちなみに、サフィアが私の役職名を省いたのは、私が何者であるかを周りの者に気付かせないための気遣いだろうが、もちろん、私は感謝を覚えることなく、『そんな気遣いを見せるくらいなら、森に入るのを止めてくれ！』と心の中で言い返した。

しかし、サフィアから受け取った装飾品をまじまじと見つめたことで、私の動作がぴたりと停止する。

私は顔をしかめると、うめくような声を出した。

「これは酷いな！」

それから、渡された物を一つずつじっくり眺めた後、丁寧な仕草で身に付けていく――全ての装飾品が、とんでもない代物だったため。

初めに摘まみ上げたのは、大きな石が付いた指輪だった。

「ほう、この指輪には恐ろしいまでの付与が付いているな。なるほど、風魔術の攻撃力が増加する効果か。そして、私は風魔術の使い手だ」

次に手に取ったのは、繊細な金細工が施された額飾りだった。

「これはまた派手なサークレットだな。見たところ、効果が付与されているのは、この中心に飾ってある魔石だけのようだ。それなのに、これほどまでにギラギラとした装飾を付けるなんて、悪趣味としか言いようがない。……はあ、だが、どうだ。この魔石には、土魔術の効果を軽減させる付与が付いているじゃないか。ははは、属性効果の軽減なんて、とんでもないレアものだぞ！　そして、グーロは土魔術を使う魔物だ」

ここまではっきりと今回の討伐用に見合った魔道具を用意されてしまえば、気付かない振りなどできるはずもない。

私は顔を上げると、いつも通りとぼけた表情を浮かべているサフィアを睨み付けた。

「サフィア、なぜグーロ討伐にぴったりの魔道具が揃えられているんだ！　お前、情報を摑んでいたな!!」

私の言葉を聞いたサフィアは、呆れた様子で片方の眉を上げる。

「何を今さら。ジョシュアが馬車の中で、『グーロはふらっと森に立ち寄って、駆逐できるような代物ではない』と言った際、私は『分かっている』と答えたじゃないか。もちろん、情報を摑んでいて、駆逐するための準備をしてきたに決まっている」

ああ、そうだった。こいつはこういう奴だった！

「くそう、お前にとうとうグーロについて説明した時間と情熱を返してくれ！」

そう苦情を言いながら、私は思い切って大きな魔石がはまった黄金のサークレットを額にはめてみた。

すると、それは太陽に照らされてギラギラと輝きを放ち、想像していたよりも3倍派手だった。

しかし、取り外す前に、サフィアが三文芝居のような大袈裟な物言いで褒めてくる。

「やあ、まるで天界の使いのようだぞ！　これ以上なくジョシュアに似合っているが、不満ならば私の物と交換するか？」

サフィアが手に持っていたのは、ヘアバンドに猫の耳のようなものが付いたものだった。

「…………これでいい」

私は交換されないようにと、ギラギラのサークレットを両手で摑んだまままそう答えた。

その後、何度か同じようなやり取りをして腕輪やブローチを身に付けた後、サフィアは装飾品が入っていた袋をくるりと回した。

すると、不思議なことにその袋は二つに分かれ、白いマントと黒いマントに変わる。

「どちらがいい？」

「……お前は手品師か」

そう答えた私の声に、力はなかった。

なぜならマントにも、規格外の効果が付与されていることを理解したからだ。

私は無言のまま白いマントを取ると、片方の肩にかける。

残った黒いマントを、サフィアが片方の肩にかけた。

準備が整ったところで、サフィアが口を開く。

「ところで、グーロはこの森のどの辺りにいるのだ？　歩いて行くのも大変なので、転移しようと思うのだが」

「転移？　常設にしろ、仮設にしろ、魔術陣を使用するためには、転移元と転移先に前もって陣を描いておく必要があるだろう？」

「全くもってその通りだが、今回は、そのルールに従うには時間が不足している。だから……」

サフィアが答えかけたその時、言い争う声とともに1組のパーティが森の中から現れた。

「どうして途中で引き返すんだよ！　凶悪な魔物を倒す絶好の機会だったじゃないか！」

小柄な冒険者が文句を言うと、リーダーらしき大柄の男性が大声で言い返す。

「お前は死にたいのか！　グーロが出たんだぞ!!　しかも、自分の縄張りを無視して、森を横断してやがった！　縄張りを出たということは非常に好戦的になっているということだから、見つかったら、その瞬間に問答無用で襲われていたぞ!!」

「だが、僕たちはAランクのパーティじゃないか！　それなのに、グーロが他の魔物と戦っている隙にさっさと逃げ出すなんて恥でしかない!!　僕はどうしてもグーロを倒したいんだよ!!」

その後も、彼らはしばらく言い合いをしていたが、物別れに終わったようで、小柄な冒険者を1人残して、残りの者はドガの町へ向かって行った。

それらの成り行きを黙って見守っていたサフィアだったが、残された冒険者のもとに歩みよると、おもむろに話し掛ける。

「やあ、お嬢さん。ちょうど私たちはグーロを狩りに行くところだったのだが、ご一緒してもらえないか？」

話しかけられた冒険者は、胡散臭《うさんくさ》い者を見る目でサフィアを見つめた後、ぶっきらぼうに答えた。

「あんたほど背は高くないが、僕は男だ」

「それは失礼した。私はサフィアと言うが、君の名を聞いてもいいかな？」

「……クリス」

クリスと名乗った金髪の青年は、可愛らしい顔立ちをした16、17歳の若者だった。

サフィアは「いい名前だ」と呟くと、にこやかに誘いかける。

「では、クリス、私たちはこれからグーロ親子を討伐に行くのだが、ご一緒してもらえないだろうか？　同行いただけるならば、報酬として親グーロの魔石を提供しよう」

「おい、サフィア！」

勝手な行動を取るサフィアに対して、思わず警告の声を上げる。

しかし、クリスは予想に反して、サフィアの誘いを拒絶した。

「グーロの親から取れる魔石は、子の魔石より何倍も価値が高い。それなのに、あからさまに僕に都合がいい提案をしてくるってことは、あんた弱いだろう！　というか、戦い方も知らないだろう!!　お貴族様がちゃらちゃらとした格好で、箔付けのために魔物を倒しにきたのか!?」

ごもっともな推測だ。

サフィアのいかにも高級そうな衣装と貴族的な顔立ちを見たら、『お貴族様』だと断定できるし、猫耳付きのヘアバンド姿と気安い態度を見たら、『ちゃらちゃらした』と表現したくなるだろう。

そのことはサフィアだって分かっているだろうに、彼は称賛するかのような表情でクリスを見つめた。

「やあ、私を貴族だと見抜くとは、素晴らしい洞察力だな」

「……あんた、僕を馬鹿にしているのか？」

「心に浮かんだままに褒めたというのに、真逆に解釈されるとは私も報われないな」

わざとらしいため息をつくサフィアの姿を見て、これはダメだと思った私は2人に近寄ると、右手の手袋を外す。

クリスは私の一連の動作を訝し気に見つめていたが、手袋の下から現れた藤の紋を見て、目を見張った。

「えっ！　そ、それは花の家紋？　う、嘘だろ!?」

手の甲に家紋の花が刻まれるのは公爵家、侯爵家、伯爵家の一部のみだ。

非常にレアな紋章のため、知らない者も多いのだが、クリスはこれが何かを一目で理解したようだ。

それならば、話が早い。

「私たちは確かに貴族だが、木っ端貴族ではなく家紋付きの上級貴族だ。それ相応の魔術を身に付けているから、戦力外にはならないことを約束しよう」

クリスはしばらく藤の紋を見つめていたが、ごくりと唾を飲み込むと、緊張した様子で見上げてきた。

「そうか………じゃあ、正直に言うが、グーロは規格外の魔物だ。あんたたちは上級貴族で強いのかもしれないが、それでも敵う相手ではない。お上品な魔術が通じる相手ではないんだ。何年も実戦を積み重ね、Aランクとなったパーティリーダーですら、勝てないと判断して逃げ出したくらいだからな」

「ああ、先ほどの大柄な男性か」

サフィアが理解した様子で頷くと、クリスはぐっと唇を噛みしめた。

「僕はどうしてもグーロの魔石が欲しいから、自分の命を懸けてでも討伐に向かうが、同じことを強いるつもりはない。そして、無駄に死ぬこともない。僕はフリーの冒険者を雇うから、あんたたちはもう少しおとなしい魔物を狩ることだ」

「なるほど、君は優しいな。初対面の私たちをグーロと相対する危険から守ろうとしてくれているのだな」

サフィアはそう言うと、楽しそうに微笑んだ。

「だが、そんな君の考えを一つ訂正しよう。君は私たちが君のパーティリーダーより弱いと判断したが、それは間違いだ。私もジョシュアも、彼の数倍は強い」

サフィアが口にしたことに間違いはなかったが、クリスは質《たち》の悪い冗談だと思ったようで顔をしかめる。

その様子を見て、私は再び2人の間に割って入った。

「サフィア、事実だとしても、そこは2倍くらいに抑えて答えておくべきだ。そうでないと、信じてもらえない」

私の言葉を聞いて、クリスはさらに顔をしかめる。私の発言もまた、冗談だと思われたようだ。

サフィアは考えるかのようにわずかに首を傾げた後、クリスに近付くと、至近距離から顔を覗き込んだ。

反抗的な表情を浮かべるクリスに対し、サフィアは穏やかな笑みを浮かべる。

「私に子どものグーロの魔石を欲しがる理由があるように、君にも成人したグーロの魔石を欲しがる理由があるのだろう？　一旦、そのことを思い出してみないか。それから、私たちほど魔術に長けた者を、フリーの冒険者の中から見つけ出すのは至難の業だということを理解してほしい。目的が一致しているのだから、協力し合うのは妙案だと思うが？」

サフィアが口にしたのは、特別な言葉ではなかった。

にもかかわらず、クリスは何か重要な言葉を聞いたとでもいうかのように真剣な表情で考え込んだ。

いつも不思議に思うことだが、サフィアには人を引き付ける力がある。

彼の人となりを知って、サフィアに心酔するのならばまだ理解できるが、そうではなく、ほとんど話をしていないような状態でも、人を引き付け、思い通りに動かすようなところがあるのだ――今のように。

「………………分かった。同行させてもらおう」

熟考した後、真逆に意見を変えたクリスを見て、私は思わずじろりとサフィアを睨む。

「お前の方がよっぽど『魅了』を身に付けているようだな」

「ははは、魅了の公爵家嫡子にそう言われるとは光栄だ」

澄ました表情でそう答えるサフィアは、これから凶悪なる魔物との戦いに出向くようにはこれっぽっちも見えなかった。

◇　◇　◇

サフィアがクリスにこだわった理由はすぐに判明した。

彼は『グーロを視認した者』を仲間にしたかったのだ。

なぜならサフィアはいつの間にか新しい魔術陣を開発しており、その陣であれば、移動先に陣を描くことなく、『過去に視認した対象物』まで転移できるとのことだったから。

「この陣の欠点は、対象物から数メートルの場所に魔術陣が展開されることだ。そのため、移動した瞬間に、相手に感知される可能性が高い。だが、今さらどうしようもないので、この致命的な欠点は見逃してくれ。そして、腹をくくってくれ。相手はたった2頭だ」

「は？　今日の任務はあくまで事前視察だと説明しただろう!?　お前いい加減に」

苦情を言う私の言葉を遮って、サフィアが言葉を続けてくる。

「やあ、考え方を変えれば、この欠点も悪くないな。今回のような場合、ターゲットから離れた場所に出現したならば、ジョシュアは一目散に逃げ出しただろうから、絶対に逃げられないほど近くに出現するのはむしろ妙手だ」

サフィアは魔術で出した水で手早く魔術陣を描くと、呪文を唱えた。

「クリス、ここにいるジョシュアは回復魔術の使い手でもあるから、怪我をした時は頼るのだぞ」

そう言い添えながら。

新たな魔術陣を試すというのに余裕じゃないか、こいつは同時にいくつの物事を考えられるのだ。

そう腹立たしく思っているうちに、私たち3名はグーロ親子の真後ろに転移したのだった。

――結果、凶悪なるグーロと対決することになったのだが、結論から言うと、サフィアはサフィアだった。

利き腕を失ったことは間違いなくハンデになったが、東星から取り戻した膨大な魔力によって、そのハンデを補ってしまったのだから。

もちろん、口で言うほど簡単なことではなく、サフィアの圧倒的な魔術センスに加え、瞬発力、判断力、正確性といったあらゆる能力が高い位置で備わっているからこそ実現できたことだった。

サフィアが持ってきた魔道具がいい働きをしたのは間違いないが、その何倍もサフィアがいい働きをしたのだ。

かわいそうに、クリスはあれほど意気込んでいたにもかかわらず、離れた場所で突っ立っていただけだった。

そのため、全てが終わった後、クリスは大きく口を開けて、ただただサフィアを見上げていた。

同様に、私もサフィアに対して呆れた思いを感じていたので、心からのため息とともに口を開く。

「サフィア、お前はやっぱり化け物だったな。グーロは魔術師団の魔術師50人でかかっても倒せないと思われた魔物だったのに、まさか本当に討伐するとは。はは、は……」

恐怖や驚愕といった様々な感情が振り切れ過ぎて、乾いた笑いが出てくる。

一方、サフィアは高揚するでもなく、自慢気な表情をするでもなく、むしろ重々しい表情を浮かべて頷いた。

「分かっている。だからこそ、ジョシュアに同行してもらったのだからな。やあ、やはり私一人では倒せなかったな」

「お前の言葉は否定しないが、隻腕で私と変わらないって……両腕に戻ったらどうなるんだ？」

信じられない思いで首を振りながらそう答えると、サフィアは肩を竦める。

「やあ、ジョシュアは未だに夢を見るタイプのままなのか。私は腕を欠損したのだ。今さら元に戻るはずもないだろう」

その通りなのだが、なぜだろうな。ルチアーナ嬢ならば、不可能なことを可能にしてくれるように思えるのだ。

そう考える私を知らぬ気に、サフィアはあっさりと会話を終わらせると、懐から短剣を取り出し、親グーロを裂いていった。

グーロの皮膚は硬く、短剣ごときの刃が通るはずはないため、何らかの魔力操作をしているのだろう。

それから、サフィアはグーロの体内から魔石を取り出すと、脱ぎ捨てた手袋で拭き清めた後、クリスに差し出した。

「約束の報酬だ、プリンセス・クリスティーナ。これで君の弟に立派な剣を作ってやるといい」

「なっ！　……どど、どうして分かっ……」

真っ赤になってあわあわと慌てているクリスに――隣国ハルディ王国のクリスティーナ王女に

向かって、サフィアはにこりと微笑んだ。

「簡単な話だ。クリスティーナ王女は何よりも美しい緑の瞳を持っていると詩人たちが謳っている。この森で目にしたあらゆる緑と比べてみたが、君の瞳よりも美しいものは一つもなかったからな」

……サフィアの質が悪いのは、これらのセリフを全て本気で言っていることだ。

呆れながら見ていると、サフィアは一歩距離を詰め、クリスティーナ王女の手の上に魔石を置いた。

「それから、王女は腹違いの弟を可愛がっていると評判だ。その弟が、王位継承権を獲得するために、近々、魔物を1頭狩らねばならないことも有名な話だろう。弟思いの姫君は、彼に立派な剣を贈るため、剣に埋め込むための大きな魔石を求めてこの森に来たのだろうと推測したのだ」

……本当に、サフィアの推測能力と観察力には恐れ入る。

サフィアが初対面のクリスを『お嬢さん』と呼ばず、さらに彼がクリスに執着しなければ、私が彼女を王女だと気付くことはなかっただろう。

――たとえ秘密裏にリリウム王国を訪れていたとしても、我が国で外国の王女の身に何かあれば、間違いなく国際問題になる。

そのため、サフィアはそれを回避しようと、彼女を守護するために、あれほど執拗に同行を依頼していたのだ。

そして、そのことに、今さらながらクリスティーナ王女は気付いたようだ。

その証拠に、彼女ははっとしたように息を呑むと、頬を赤らめてサフィアを見つめてきたのだから。

だが、……これはあいつの自業自得だな。

思ったままのことを口にして、微笑んだりするのだから。

あいつはもう少し、自分の魅力を出し惜しみすべきなのだ。


その後、私たちは再び転移陣を使用して、森の入り口に戻った。

サフィアはせっかくだからと、グーロの死体を抱えて転移したため、その場にいた冒険者たち全員から、ぎょっとした様子で距離を取られる。

「うわああっ！　ググ、グーロ!?」

「ひいっ、ほ、本物なのか!?　それを、た、倒した??」

「だっ、だが、あの3人はさっき森に入って行ったばっかりだよな!?　それなのに、こんな短い時間で倒したのか？　しっ、知らなかった、お貴族様ってものすっげー強いんだな!!」

先ほど聞かされたのは、貴族の立場を揶揄するものだったが、今度は真逆の言葉が投げかけられる。

「ツエー」「お貴族様ツエー」と、次々に騒ぎ始める冒険者たちの手の平返しに呆れていると、半ダースほどの者たちがクリスティーナ王女に駆け寄ってきた。

それらは先ほど彼女と別れた冒険者たちで、彼らの焦った様子と丁寧な口調から、どうやら王女が母国から連れてきた従者たちであることに気付く。

なるほど、従者たちはちょっとクリスティーナ王女の頭を冷やさせるつもりで、その場を離れる振りをしただけらしい。

それなのに、王女は彼らを置いたまま別の者とパーティを組み、グーロと対決しに行ったため、胸が潰れるような思いを味わったようだ。

どうやらクリスティーナ王女は、彼らが考えていたよりも遥かにお転婆な姫君らしい。

そして、私は振り回される者の気持ちがよく分かるため、従者たちに同情を覚えていると、その彼らからこれでもかと頭を下げられ、お礼を言われた。

そのため、「私もよく君たちと似た立場に立たされるから、気持ちは分かる」と口にし、気にしないように伝えると、同士を見るような目で見つめられた。

悪くない時間だった。

その後、私はサフィアとともに転移陣を使って魔術師団に戻った。

別れ際、王女は赤らんだ顔でサフィアを見ていたので、何事にも目ざといサフィアが気付かないはずはないのだが、彼は普段通りのにこやかさであっさりと別れの言葉を口にしていた。

やはり、サフィアは女性の敵のようだ。

さて、魔術師団の建物に転移した際、サフィアは相変わらずグーロの死体を背負っていた。

そのため、見る角度によっては、グーロが直立歩行をしているように見えたらしい。

そのせいで、廊下ですれ違う師団員の幾人もが、サフィアを見てはエビのように飛び跳ね、勢いよく後ろに転んでいた。

「お前……普通にしていれば、グーロを倒したことで皆から感謝されるのに、そのふざけた格好は何とかならないのか」

「元々、私の目的は澄魔石採取のための森林探索だったからな。結果として、凶悪な魔物を討伐できたとしても、それで感謝をされるのはくすぐったい話だろう」

私はじろりとサフィアを睨み付ける。

「先ほどお前は、グーロ討伐に特化した魔道具を事前に準備していたと、自分で認めたじゃないか！　『結果として』ではなく、目的をもってグーロを討伐したのだろう!?　そろそろとぼけるのは止めて、皆からの感謝を受け取っておけ!!」

サフィアは私をちらりと見ると、肩を竦めた。

「初めに言ったように、私の怪我を心配して、何人もの魔術師団員が見舞いに来てくれた。その見舞い返しのようなものだ」

軽い調子で言葉を発するサフィアを見て、そんなことを冗談にでも口にしたら、彼が寝込む度に魔術師の見舞い客が殺到するぞ、と呆れた気持ちになる。

しかし、サフィアの満足したような表情を目にした私は、それら全てを分かったうえで発言しているのだろうなと悟り、諦めの気持ちを覚えたのだった。

――後日、綺麗に処理されたグーロの毛皮が私宛に届けられた。

『師団長室のカーペットにでもしてくれ』――そう一言添えられたカードとともに。

広げてみると、両手両足を広げてグーロが寝そべっているような形になっており、ご丁寧に頭と尻尾まで付けてある。

カードのメッセージ通りに師団長室の敷物にしていると、その日以降、私の部屋を訪れる者は、誰もがまずぎょっとしたように毛皮に目をやり、それから、ことさら丁寧な口調で私に話しかけてくるようになった。

……私の陸上魔術師団長としての権威を上げてくれるアイテムかと思ったが、どうやら魔王かと勘違いされるアイテムだったらしい。

いかがなものかと思ったが、いつだって油を売っていく連中もさっさと引き上げるようになったため、これは貴重なアイテムだと思い直す。

そのため、今日も私の部屋にはグーロの敷物が鎮座し、来訪者を睥睨しているのだった。

あとがき

本巻をお手に取っていただきありがとうございます！

おかげさまで、本シリーズも5巻目になりました。


そして、王太子編が佳境に入りました。

1巻冒頭でヒーロームーブをしておきながら、今巻まで大きな出番がなかったエルネスト王太子がやっと活躍し始めましたよ。

次巻で決着が付きますので、ぜひ王太子には頑張ってもらいたいと思います。


ところで、今回の表紙もものすごいことになっていますね！　前巻から一転して、きらきらのドレスの世界に戻ってきましたが、本当にきらきらですね。

これまでずっと3人表紙だったものを初めての2人表紙にしてもらいました。……と思ったら、裏面にラカーシュがいますね。

そして、ラカーシュの心臓部分に紫の撫子が重なっていますね。

はー、超絶美麗なイラストに加えて、こんな演出まで。私の心臓は宵さんに握りつぶされそうです。モノクロイラストまで含めた全てが美しいし、宵さん、今回も素晴らしいイラストをありがとうございました！


そんな素敵なイラストのおかげもありまして、本作品が「次にくるライトノベル大賞2022単行本部門」1位に輝きました！！！

本巻発売の9日前に発表されましたが、心の底からびっくりしました。

「えっ、1位？　大賞？　そんなことがあるのだろうか」と。

これもひとえに宵マチさんを始めとした、担当編集者のO友さん、コミカライズいただいたさくまれんさんと汐乃シオリさん、並びに関係者の皆さまが素敵に彩り、広げてくださったおかげです。

そして何より、投票数だけで決定する本賞で選ばれたのは、多くの方に応援いただいたおかげです。ありがとうございます！　全ての方に深謝して、もっと精進します。

やったね、次にくるよ!!


……という喜びに加えて、もう一つ嬉しいお知らせがあります。

何と、本巻と同時にもう1冊、新作を出していただいたのです!!

「誤解された『身代わりの魔女』は、国王から最初の恋と最後の恋を捧げられる」とのタイトルで、喜久田ゆいさんに麗しいイラストを付けていただきました。

本作品は、世界でただ一人の魔女であるルピアが、夫となった国王の身代わりになって彼の命を救うけれど、誤解されてしまい……からの、『国王から最初の恋と最後の恋を捧げられる』話になっています。

元々、「どんなシチュエーションであれば、ヒーローはヒロインを1番溺愛するかな？」との考えから書き始めた作品ですので、最終的には最高の溺愛を詰め込みたいと思います。

同時刊行記念として、本巻巻末に「身代わりの魔女」の冒頭部分を掲載いただいていますので、少しでも興味がありましたら、お手にとっていただければ嬉しいです！　どうぞよろしくお願いします!!


さらに、同時刊行3冊目として、溺愛ルートのコミックス2巻も一緒に出していただきました！

ラカーシュ編がときめきとともに終了し、魅了の公爵家編で麗しの兄弟に魅了されるところまでが収められています。

2巻になってさらに面白くなっていますので、ぜひお手に取っていただければと思います。

また、同時発売を記念して、さくまさんの漫画が本巻巻末に掲載されていますので、お楽しみいただければ嬉しいです。

さらにさらに、前回に引き続き、書店掲示用のポスターイラストをさくまさんが描いてくださいました。

コミックス2巻、ノベル5巻とともに寝そべるラカーシュが、「持ち帰って、いつでも私をそばに置いてほしい」と誘いかけるものになっています。もしも書店で見かけられましたら、ぜひ彼に誘われて、本2冊をお持ち帰りしていただければ幸いです。

……といった情報を日常的にお知らせしたいと思い、ツイッターを始めました。

本作品に関するお知らせをちょこちょこと投稿していますので、よかったら覗いてみてください。

https://twitter.com/touya_stars

※「十夜」「ツイッター」で検索すればヒットすると思います。ユーザー名は@touya_starsです。

最後になりましたが、ここまで読んでいただきありがとうございます。

本作品が形になることにご尽力いただいた皆さま、読んでいただいた皆さま、どうもありがとうございます。

今回は同時刊行という形になり、スケジュールが重複したため苦しめられましたが、それでも書籍化作業は楽しかったです。

お楽しみいただければ嬉しいです。

溺愛ルート5 発売おめでとうございます…!!
描かせていただきありがとうございました!
肖マチ
新展開にどきどきわくわく倍増しております…!!
加筆部分に、思わず笑ってしまって…カレル君いい性格していらっしゃる…!!
コミカライズとあわせて、引き続きどうぞよろしくお願いいたします…!!
お世話になります…!!

あとがきイラストお題箱から～
『グーロのカーペット効果で
魔王になったジョシュア』
他にもお題いろいろ
あったけれど
たまには見向き
でいいリーンと……
すいません！
前巻でいっぱい
ジョシュア師団長
かいたので、だいぶ
描きやすいキャラに
なりました。

コミカライズ担当：さくまれん
白百合領《しらゆりりょう》
ルナル村《むら》に向《む》かう馬車《ばしゃ》にて
それはラカーシュが…
いいやエルネストだ
互《たが》いを名前《なまえ》で呼《よ》び合《あ》うのもそうだけれど
お二人《ふたり》は本当《ほんとう》に仲《なか》がいいんですね
5巻発売おめでとうございます♪満を持して登場した殿下に痺れました!!
さくまれん
そうだな
ラカーシュ以上《いじょう》に仲《なか》がいい相手《あいて》はいないだろうな
初《はじ》めて出会《であ》った時《とき》は気《き》に入《い》らなかったが
仲《なか》が良《よ》くなかコた時《とき》が？

あの頃《ころ》の私《わたし》はラカーシュに嫉妬《しっと》していたんだ
同年代《どうねんだい》の中《なか》で飛《と》び抜《ぬ》けて秀《ひい》でていた私《わたし》を
こいつはいとも簡単《かんたん》に超《こ》えていく
だのに人前《ひとまえ》ではその優秀《ゆうしゅう》さを隠《かく》し
私《わたし》より一歩《いっぽ》劣《おと》る様子《ようす》を見《み》せていた
それが馬鹿《ばか》にされているようでどうしようもなく腹《はら》が立《た》った
ぐっ
向《む》こうへ行《い》け！
お前《まえ》が付《つ》いていなくとも一人《ひとり》でできる！
ズッ

ガターン
ダッ
バサ
バサ
殿下《でんか》!
…
ーー…っ
はっ
殿下《でんか》
大丈夫《だいじょうぶ》ですか?
身《み》を挺《てい》して
他人《たにん》のために
動《うご》く彼《かれ》を見《み》て
気付《きづ》いた
彼《かれ》の姿《すがた》は私《わたし》の
「理想《りそう》そのもの」
だったんだと
その瞬間《しゅんかん》
私《わたし》の嫉妬心《しっとしん》は
尊敬《そんけい》へと変《か》わった

しかし
その後《あと》が
酷《ひど》かったな
なんであれ
全《すべ》て私《わたし》と
お揃《そろ》いにして
きたんだから
カップとか
ペンとか
うーん
あれは
尊敬が好意に
好意は執着に…
きゅ〜〜ん♡
まぁぁぁぁ！
かわいらしいぃぃ！
茶会《ちゃかい》に
私《わたし》と色違《いろちが》いの
服《ふく》を着《き》てきた時《とき》は
どこぞの子息《しそく》から
『恋人《こいびと》かよ！』と
冷《ひ》やかされて
大変《たいへん》だった
ははは
それ以上《いじょう》は
言《い》わないで
くれないか
ちらっ
本当《ほんとう》に
お前ね…
いいじゃないか
トン
どどっ
ものすごく
見《み》たかった
絶対かわいい
相思相愛《そうしそうあい》
ですね！
は？

始動！

STORY

ルピアは世界でたった一人の魔女だ。そのため、『相手の怪我や病気をその身に引き受ける』魔法が使えるが、そのことは秘密。

初恋相手であるフェリクス王と結婚することになったルピアは、彼のことを一途に想い、そんな彼女にフェリクスも魅かれていく。

しかし、ある誤解から、フェリクスは彼女が裏切ったと思い、冷たく当たってしまう。

ルピアはそんな彼の命を救い、身代わりとなって深い眠りについた——。

その日から始まる長い長い片想いで、息も絶え絶えになった夫が、これでもかと妻を溺愛する物語。

「ルピア、君が私への思いを忘れても、私はずっと君を愛するし、必ず君を取り戻すから」

十夜先生、新シリーズ
誤解のち激重溺愛!!
次のページから
ちょこっと
試し読み♪
誤解された
『身代わりの魔女』は、
国王から最初の恋と
最後の恋を捧げられる①
3/7
発売!
著◆十夜
絵◆喜久田ゆい

プロローグ

好きで、好きで、大好きで。

この人には傷一つ、苦しみ一つ与えたくないという思い。

――それが、『身代わりの魔女』のはじまりじゃないかしら。


私は必死になって、横たわっている彼の体に手を伸ばした。

震える手を近付け、意識がなくぐったりとした体に触れると、わずかに上下している胸の動きが感じ取れる。

「……フェリクス様、よかった……」

彼が生きていることを確認でき、安堵のあまりつぶやいた瞬間、私を中心に魔法陣が展開され始めた。

失われた古代の文字が、まるで模様のごとく出現し、円陣を描くように形成されていく。

国王であり夫でもあるフェリクス様は、目を瞑《つぶ》ったまま地面の上に横たわっており、全身びしょ濡れの状態だった。

胸を刺されて川に落ちたものの、自力で岸まで這い上がってきたようだ。

恐らく岸に上がった途端、安堵と傷の深さが原因で意識を失ったのだろう。

そのことを示すかのように、頭や上半身は草の上に横たわっているものの、足の一部は川の中に浸かったままだった。

私は嗚咽が漏れるのを防ぐため、必死で唇を噛み締めると、彼の全身に目を走らせる。

一見しただけでも、肩口から左胸にかけて負った深い切り傷が致命傷であることは見て取れた。

次々に新しい血が流れ出ており、彼が川から上がって僅かな時間しか経っていないはずなのに、横たわっている草一面が赤く染まっている。

彼の命が流れ出て、その終わりを迎えようとしていることは明らかだった。

私は私の肩口に留まっている、小さなお友達に声を掛ける。

「バド・ラ・バトラスディーン！　力を貸して!!」

「……もちろんだよ。正式な名を呼ばれては、従わないわけにいかないね」

普段とは異なる真面目な声で返事をすると、肩口で丸まっていたリスのように見える生き物はふわりと空中に浮き上がった。

それから、一瞬にして何倍もの大きさに膨れ上がると、全く異なる形をとった――古き時代に生息していたと言われている、大きくて美しい古代聖獣の姿に。

《魔法陣、立体展開・天！》

バドが古代の言葉を唱えた瞬間、魔法陣から上空に向かって光が立ち上った。

そしてその光はフェリクス様の体に触れた途端、上空に向かうのを止めて彼の体を包み始める。

私は一心にフェリクス様を見つめると、天に向かって両手を伸ばし、契約の声を上げた。

「さあ、古《いにしえ》の契約を執行する時間よ！

身代わりの魔女、ルピア・スターリングが贄《にえ》となりましょう！

不足は認めないわ！

フェリクス・スターリングの傷よ、一切合切《いっさいがっさい》躊躇《ちゅうちょ》することなく、私に移りなさい!!」

――その瞬間、私とフェリクス様はつながり、一致した。

体が、魂が、傷が一致し――そして、その一瞬の間に、彼の全ての傷は私の体に移る。

「…………あああああ!!」

刹那、心臓に鋭い痛みが走った。

痛くて、痛くて、痛くて、痛くて、それ以上は声も出せない。

咄嗟に奥歯を噛み締めるけれど、とても我慢できるような代物ではなかった。

……痛い、痛い、痛い!!

目の前が赤く染まったような感覚に陥り、この痛みから逃れることしか考えられない。

ああ、フェリクス様はこんな痛みに耐えていたのか。

これほどの痛みを抱えながら、落ちた川からこの岸まで這い上がったのか。

――生きたい、との望みとともに。

だとしたら、その望みを叶えるのが『身代わりの魔女』の役目だ……。

「かは……っ！」

けれど、彼を救いたいという私の意志を嘲笑うかのように、大量の血が口から零れ落ちる。

想定していたよりも、何倍も傷が深かったようだ。

……まずいわ。

激痛の中、必死で頭を働かせる。

この場所に助けが来るまで、どれほどの時間が掛かるのだろう。

フェリクス様の傷は消えたけれど、彼は意識を失っているため、次に目覚めるまでどのくらいの時間が掛かるか分からない……私を助けることができるようになるまで。

そもそも私は『身代わり』で死ぬことはないけれど、それも適切な処置がなされてこそだ……。

このような人里離れた森の中にいる私たちを探し出してもらうまで、どのくらいの時間が掛かるのだろう。

ましてや、適切な処置が開始されるまで……。

そう思考を深めようとするけれど、痛みで立っていられなくなり、地面に崩れ落ちる。

――――けれど、崩れた体は草の感触を味わう前に、ふわふわとした温かいモノに支えられた。

「致命傷だよ、ルピア。この傷でこの場に倒れ伏し、救助が来るのを待つことは、死を選択することと同義だ。……僕の城に招待しよう。そこでこの傷を治すんだ」

痛みで意識が朦朧《もうろう》としている私の耳に聞こえてきたのは、バドの声だった。

けれど、意識が混濁してきて、彼が何を言っているのかを理解することができない。

「君は何も選ぶ必要はない。なぜならこれが君の命をつなぐ唯一の方法なのだから、生きるためには他に選びようがないからね」

その声を最後に、私の意識は真っ暗な世界に呑み込まれた。

――――そして、私の体もこの世ならざる空間に……聖獣《陽なる翼《バド・ラ・バトラスディーン》》の城に呑み込まれたのだった。

ついに「魅了編」スタート!!
単行本《コミックス》第②巻大好評発売中!!
マンガUP!にて連載中!!
悪役令嬢は溺愛ルートに入りました!?
①～②
原作●十夜・宵マチ
漫画●さくまれん
コミックス累計10万部突破!

原作ノベル第⑤巻と 同時発売コラボ企画開催♡

- ☑ **相互企画!** 単行本第②巻に十夜先生のスペシャル書き下ろし収録!
- ☑ **機密文書!** 第②巻もキャラプロフィール大放出!
  ルイスの好きなタイプは? 意外な一面も公開!
- 今回は頬を赤らめるラカーシュ!?
- ☑ **艶やか!** 特大美麗ポスターを全国のフェア参加店の一部で掲出中!

②巻ではウィステリア兄弟が登場!

この流線が美しい髪の麗しい後ろ姿は!?

藤に攫われそうな透明感…ルイス、現る。

乙女ゲームの悪役令嬢に転生したルチアーナ。断罪回避のため恋愛攻略対象には近付かない! と、心に誓ったはずが、なぜか世界に一人だけの『世界樹《ユグドラシル》の魔法使い』だと思われてしまった。しかも、いつの間にか『魅了』の魔術を掛けられているかもしれず、王国で唯一『魅了』を行使できるウィステリア公爵家の三男・白皙の美貌を持つルイスに見極めてもらうことに……って、元喪女でイケメン耐性がないのですから、そんな近距離で見つめないでください! さらに、筆頭公爵家のラカーシュからも「君のことが頭から離れないんだ」と懸想されて――!? ええと、私はただの平凡令嬢なのに、一体どうしてこんなことに!?

男性の誘いをその場で断るものではないと思われる

さらにラカーシュも本気を出してきて…!

悪役令嬢は
溺愛ルートに入りました!?

シリーズ累計20万部突破!

STORY
乙女ゲームの悪役令嬢に転生したルチアーナ。「生まれ変わったら、モテモテの人生がいいなぁ」なんて妄想していたけれど…。

決めた！ 断罪イベントを避けるため、恋愛攻略対象は全員回避で、今世もおとなしく過ごします！ なのに、待って。どうしてみんな寄ってくるの？

おまけに私が世界で一人だけの『世界樹《ユグドラシル》の魔法使い』!?

いえいえ、私は絶対にそんな貴重な存在ではありませんから！ もちろん溺愛ルートなんてのも、ありませんからね——!?

いつの間にやら溺愛不可避!?
王国陸上魔術師団長
王太子
筆頭公爵家嫡子
公爵家三男
兄・侯爵家嫡子
大好評発売中♡
シリーズ続々重版!
SQEX ノベル
悪役令嬢は溺愛ルートに入りました!? ①～⑤
著◆十夜 イラスト◆宵マチ
1
2
3
4
5

SQEX ノベル

悪役令嬢は溺愛ルートに入りました!?　5

著者
十夜

イラストレーター
宵マチ

2023年3月7日　初版発行

発行人
松浦克義

発行所
株式会社スクウェア・エニックス
〒160-8430
東京都新宿区新宿6-27-30　新宿イーストサイドスクエア
（お問い合わせ）スクウェア・エニックス　サポートセンター
https://sqex.to/PUB

印刷所
図書印刷株式会社

担当編集
大友摩希子

装幀
小沼早苗（Gibbon）

ISBN978-4-7575-8459-4 C0093　Printed in Japan